河出文庫

早起きのブレックファースト

堀井和子

河出書房新社

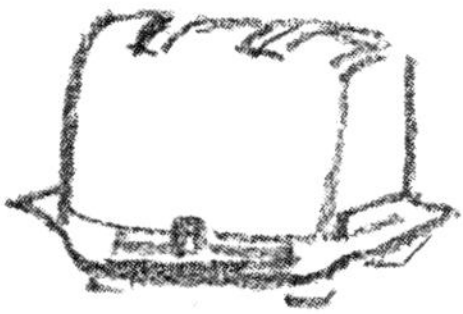

目次

思い出してみると子供の頃からずーっと早起きだった。今でも目ざまし時計はセットして寝るけれどほとんど要らない。その代わり夜は眠たくなるのが早いし、夜に考えごとはできない。

受験勉強の頃も、徹夜なんてとんでもなくて11時か12時には寝てしまった。どうしてもという時は5時起きだった。夜は頭が働かないし、いつの間にか居眠りしていたりするので、早い段階で見切りをつけたのかもしれない。以来、勉強も仕事も朝、集中して向かうことにしている。原稿を書いたり、パンを焼いて写真を撮ったり、絵を描いたりの作業はだいたい午前中の光の中でやっているわけである。

夏休みや冬休みを姪や甥といっしょに過ごすが、朝、9時頃待ち合わせると面白い。弟のところは早起き組で、子供たち3人ともすっきりした顔で朝食もしっかり食べてエンジンがすぐに全開に出来る感じでやってくる。妹のところはどちらかというとお寝ぼう組で姪たちは起きてからも、しばらくはフワーッとしたままでいる。

朝、起きた時お腹がすいて朝食を摂り、すっきり目が醒めて一日のスタートを切れるといい。早起きには朝食がとても大事になる。私の大好きな朝食の時間にはいろいろな要素が集まっている。朝ごはんのメニューの栄養価だけではなくて姪が夏休みに描いたねこじゃらしの柄のポットカバーや旅先で見つけたカップ、家のガラス戸越しに目に映る柳の木などが朝食を自然にゆったりと広げてくれる。たとえあわただしい短い時間の日でもきっと。

早起きのブレックファースト

きつね色の皮の食パン

家でいわゆる食パンを焼くのに凝っている。最近、気に入っているのが食パンの皮の部分。1斤の焼き型にパン生地を入れて、ふたをして発酵させふたをしたまま焼く。一定時間焼いたら型から出して、さらにじかに天板に置いて両側面、底と向きを変えてきつね色に焼き上げる。このきつね色の皮の部分がたまらなく香ばしくておいしい。オーブンで熱された焼き型にパン生地が接しながら焼けるとそのまま丸めて焼いたものとは違う不思議な香《かぐわ》しさが皮に加わる。食パンと丸いパンと味が違うのはあたりまえと思う人もあるかもしれない。ところが同じ配合の一つの生地でも大きさ、形、焼き方を変えると驚くほど風味も変わってくる。

習ったことなら〝ふーん、そういうものか……〟と疑問も持たずに納得した気になるところ、実際に一つずつ焼いて食べてみて感じると印象に強く残る。あたりまえのことかもしれないのに大発見した子供のようにわくわくした気持ちになる。

こうして焼いた食パンは1・5センチ幅くらいに切り分けて冷凍しておく。トーストする時は一番のおすすめは網焼き。餅焼き用の網を十分熱しておいて両面こんがり焼く。

ウィークデーのあわただしい朝にはトースターで焼き上げる。20年近く使っているサンビーム社のトースターはクロームの銀と黒のデザインが美しい。ゆっくりとパンが降りていって、焼き上がってからもゆっくり上に上がってくる。イギリスの人の好きなトーストだからこんなふうに品格のある動きが似合うのかなと思う。江戸っ子の私は、時々自分のせっかちで待てない気持ちがおかしくてしかたなくなる。

冷凍した食パンはオーブンに並べて100℃で5〜6分くらい温めたのも案外おいしい。皮がパリッとして中身は上面がやや乾いてしまうが、下面は水蒸気をやや含んでふんわりする。トーストした時とは違う皮の香ばしさでこれもなかなかいける。ただ最高においしいのは食パンを焼いた時、厚めに切ってその場で指先でひきはがすようにちぎって食べる皮なのだ。

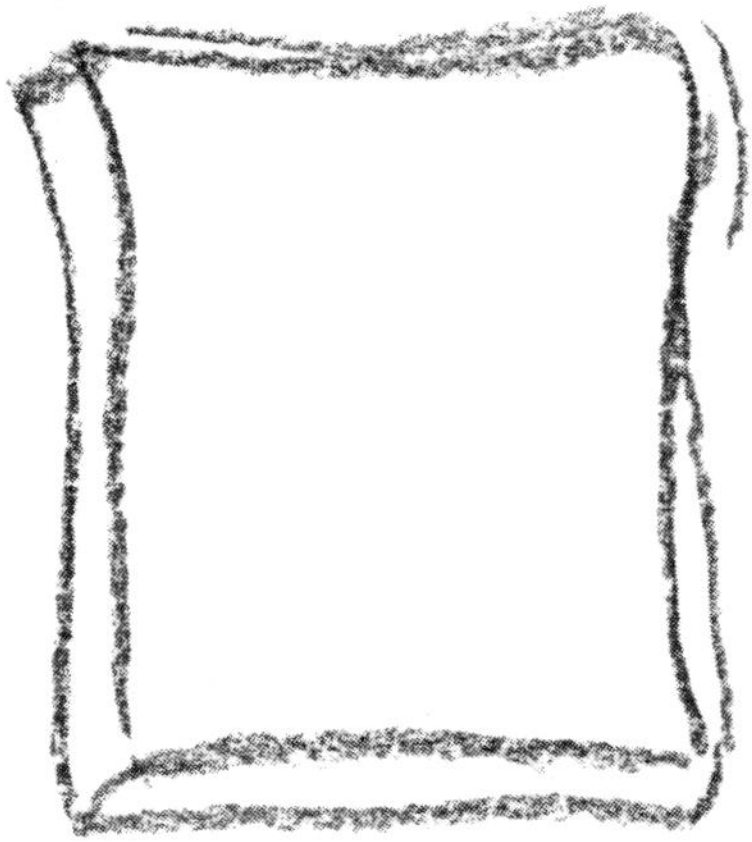

我が家のミルクティー

紅茶が好きで、朝食にはいつもたっぷりのミルクを入れたミルクティーを飲む。何杯かおかわりをしているうちに、目が醒《さ》めて頭がすっきり働くようになる。

紅茶はオーソドックスなタイプをいろいろ試している。デザインの美しい缶には弱くて、デパート、紅茶専門店、食料品マーケットで見つけるとつい買ってしまう。失敗も多い。輸入してからの日数のせいか、品質管理のせいか、缶のデザインで期待させられたほど心を動かされなかったりする。そうかと思うと、デパートの紅茶の量り売りで、かなり香りも味もよく値段よりずっと満足できることもある。最近は気に入ったデザインの空缶がたまってきたので、回転のよいデパートの量り売りコーナーで買って密閉のよい袋のままこの缶に移している。

飲んでみてその葉がおいしいと、そのまま毎朝その缶から出すことになる。今一つという時、1人で飲むお昼のミルクティー用の缶に袋から出してじかに入れる。この缶には残り少なくなった缶の葉や今一つの葉、そんなに高くないダージリンやキーマンの葉などが混じって入って我が家のオリジナルブレンドができる。

このブレンド缶の紅茶がたまにとびきりおいしくなることがある。偶然の配合なので二度と同じ味にはならない。反対に1種類の葉だけでいれると個性が出ておいしいのに他の種類と合わせるとそれぞれの個性が相殺されてしまうこともある。

我が家のモーニングティーのいれ方は、まず朝、起きて冷蔵庫のミルクをミルク入れに移して室温に置く。次にティーポットとティーカップを出して、丸パンをオーブンの中の天板に並べる。丸パンは12~13分温める。湯は9~10分で沸くから、新しい水をやかんに注いで火にかける。紅茶の時はミネラルウォーターは使わない。くみたての水を使う。含まれている酸素が大事なのだそうだ。沸く頃になったら耳をよくすませて、ゴポゴポッと初めの大きな泡が上がってきたらすぐに火を止める。紅茶の香りのためには煮立て続けてはいけない。

その他のお茶の時は6~7分弱火でふたをとって煮立てて用いることもある。

ティーポットに湯を注いでカップに注ぎ分ける。今朝の紅茶を選んで、ティースプーンに山盛り4杯葉を入れる。これは軽くカップ6杯分くらいの分量。ミルクをたっぷりいれるので、紅茶だけだと4~5人分という量だろうか。沸かした湯を上から注ぐと泡が細かく立つ。葉の大きさ、種類によって湯を注いでからの時間は加減する。

だいたい3～4分待つ。ティースプーンで全体をかきまわしてポットをテーブルへ運ぶ。別のポットに葉を漉して移さないで、気ままに各自ミルクを入れて好きな濃さになるように紅茶を注ぐ。砂糖は入れない。おかわりも好きに重ねている。夏はけっこうポットに紅茶が残ることがあるが、冬は最後の最後まで飲み切ってしまう。

こうして書いてみるととても雑にいれているほうかもしれない。外でミルクティーを注文してもなかなか思ったような味に出会えない。外ではアールグレイやダージリンなど、香りの強い種類のほうがおいしくいただける。コーヒー用クリームが添えてあると、別に普通のミルクを頼みたくなって困る。

家でいれると家族の気に入っている味と香り、ミルクの温度などを選択できるからおいしいミルクティーになる。おいしいミルクティーは本当に温かい味がする。深くてすっきりした香りがして、毎朝飲むと一日に向かう気持ちになる。

夏休み、朝6時の約束

夏休みに両親と弟、妹の家族と松本郊外の穂高の貸し別荘に泊まったことがある。弟のところの一番年上のまゆ子が6歳、その弟の裕貴《ひろたか》が3歳、妹のところのもう1人の姪は2歳で子供たちと朝6時に起きて散歩する約束をした。

翌朝まだ眠っていたい大人とまだ小さい2歳の姪を残して、しとしと高原らしい雨が降る中、弟の運転で出かけてみた。雨天中止の予定だったが、せっかく起きたんだからと姪と甥はパジャマのまま車に乗りこんだ。

車は朝の霧と細かい雨に打たれた緑の中を走ってりんご園のあたりで停まった。木の下には落ちてしまった小さいりんごが散らばっていた。姪が拾ったチビりんごは直径10センチくらいの緑で少しだけピンクに色がつき始めていた。

姪はパジャマのポケットに5つ入れて帰って来た。その日の午後、絵の好きな姪はチビりんごの絵を描いた。それまではりんごというと赤い色で塗っていたのに、その日のりんごは5つともグリーンとピンクと赤の色の塗り重ね方、バランスが違ってい た。N.Y.のモダンアートのギャラリーに置いてもいいくらい、はっとする小さいりんんごが紙の上に並んでいた。

その2年後、今度は弟家族と岩手の海の近くの貸し別荘に泊まった。姪は8歳になっていて弟は5歳、その下にもう1人1歳の妹がいた。朝6時に玄関で集合して散歩する約束をした。雨天中止である。

次の日の朝はまた小雨が降っていた。中止かなどうかなと15分遅れて下りて行ったら、まゆ子と裕貴の2人はもう小雨の庭を行ったり来たりしていた。6時には私たちの部屋の前で音をたてずに待っていてくれたらしい。「来ないかと思った」とほっとしたように言われて、15分の遅刻をすごく反省した。

そのあと40〜50分、雨がやんだ庭とそれに続く林の間の小川の方をまわってみた。

小川にやって来ると、弟のひろにせがまれて、姉のまゆ子はいくつもいくつも夢中で笹舟をこしらえた。作り慣れていてとても上手に形作る。2人で石ころの多いせせらぎに流しては、すぐに下流の方へかけて行って、どちらが早く流れてくるか確かめる。何回くり返してもあきない様子で、小さな笹舟の後を追う。

そして、林の間で2人ともいろいろなものを発見しては呼び声を上げる。こんな時は私もだいぶ後戻りしてもちゃんと見に行く。

ひろの見つけた繊細なクモの巣や虫を一緒に見ていると彼の文学的な表現が聞ける。朝の雨露があちこちで光っているクモの巣のことを「クモが作った雪の結晶みたい」。言葉の使い方が澄んでいて切れ味がいいのにやはりはっとする。彼の顔がちょっと輝くのがわかる。普段子供とつき合っていないせいか、こうした一つ一つのことが面白い。

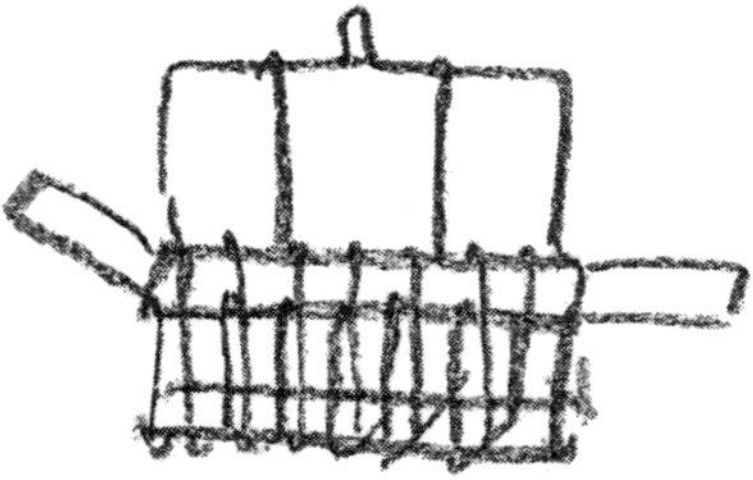

そう言えば子供の頃、私も弟も妹も、自然の中でいろいろなもの、ことに気がつくのが得意だった。じっと見入っては感じたことが多かったのを思い出した。この子たちも、あっという間に大きくなって、夏休みの朝の約束なんてしなくなってしまうんだろうな。

ジャムとはちみつのための器

1997年6月に「Breakfast ABC」という題の個展をした。朝食のテーブルの上にあったらいいと思うものを自分で考えてデザインしてみたり、友人に手作りしてもらったりした。

木のつるやラフィヤのパンかご、バターナイフ、ガラスのチーズボード、針金のかご、ミルクやジュース用のガラスのコップ、厚みのある宙吹きのガラスの器、ジャムやはちみつを入れる小さな器、バターや塩用の陶の器、木と針金の釣りをする人形(やじろべえのようにバランスをとる)、木製のカッティングボードを並べて、我が家の自家製パンを毎日24個くらい焼いて持って行った。

この時、ガラスのチーズボードとジャムやはちみつのための小さい器と果物用のボウルをデザインさせてもらった。ジャムやはちみつ用の器は以前友人とBAGELというグループで作ったガラス器を変えて作ってみた。ジャムなどは少しずつ器に分け入れ、使い切っては洗って、新たに瓶から移すほうが具合よい。それで以前のものより一まわり小ぶりにして、傾斜を大きくつけてガラスの厚みをふやして型から起こした。

無地とすりガラスの手書き文字入り、線描きの子供の絵入り、縁《ふち》3㎜を残してあと全体がすりガラスの4タイプのデザインにした。普通の会社だったら、こんな小さな器のために新しく型を起こしたり、思った以上にプリント代がかかるデザインは企画会議の段階で却下されてしまうに違いない。でもせっかく個展の機会があって、朝食が大好きで自分でパンを焼くようになり、ジャムを煮るようになった私が選択できるんだからと作ってしまった。

ガラスのチーズボードとボウルは、一つ一つ手作りなので数はそんなに作らなかったが、ジャムやはちみつ入れはたくさん出来て売れ残ったらどうしようと心配だったので、全部なくなってほっとした。そのうちまた何か機会があったら同じ型に仕上げのプリントのデザインを変えて続きを作ってみたくなった。その次その次と扉を開いてみたい好奇心が私の中にたくさんあるようだ。

木の見えるテーブル

我が家のまわりは東京にしては緑の多い地域だと思う。4階建てのマンションの3階のこの部屋を借りることにしたのは、この近くを散歩していて、ふと見上げた部屋が空いていて、その向かいに大きな大きな柳の木と桜の木とむくの木が枝を広げていたからだった。

部屋を見せてもらったのは11月末。むくの木は葉がみんな黄色になってそれはきれいだった。前の家は、広い敷地内に大きな木が取り囲むように植えてある日本家屋で、年月を感じさせる。庭木は四季を通じて美しいように配置されている。

春、一番先に柳が芽ぶく。その後、白梅と紅梅が手前で咲き、中央に位置する庭のあたりに桃が咲く。3月終わりに、後方に何本か並んだそめいよしのが満開になり、少し遅れてひっそり前の桜が花の色を見せる。

真夏は避暑地の森のように緑が深くなり、ざわざわとした風と蟬の声が絶えない。秋は、桜が先に紅葉し、次にむくの木が黄に変わる。柳の細い葉が金色に光って見えて、すっかり葉を落とすのは12月も中旬過ぎになる。しなやかな枝だけになった柳も、これだけ大きな木になるとなかなか見事で、雪が積もると山水画のような景色が窓ガラス一面に広がる。

季節を感じながら朝食の時間を持てるのはやはりうれしい。欠点がないわけではないけれど、ガラス戸の向こうの借景はここに住む理由の大部分を占めている。

散歩の収穫《ファイル》

週末はこの近くを1〜2時間散歩している。住宅地と緑の並木を縫うように、その日の気分で気ままに道を選ぶ。細い小路を通り抜けて、今まで通ったことのない道を見つける。気に入った道や公園、畑もだんだんわかってくるけれど、よその家と庭も私たちの散歩のコースにちゃんと入っている。家も庭もまだ持ったことがない私たちだから案外好き勝手な印象が言える。ちょっとした評論家になって頭の中にファイルする。

建物に不動産的価値があるとか、そういう話は遠くに置いておいて、ふと目をやった時の家のたたずまい、庭木の選び方、配置、垣根の種類、住んだ時にガラス戸を通して見えるであろう景色などを評価の対象にする。

ずい分長いことこんな散歩をくり返していると、不思議と意見が一致してくる。立派な建築でなくても今、その家のある環境のいい部分を上手に生かして家を建てているところ、日本の気候なども考えた外の空間のデザイン、狭くても雰囲気のある庭、塀にからませたつる性の木、ぶどうや藤棚、植木鉢の並べ方などにはっとする家がある。

昔の日本風の平家や生け垣が素敵に見えてきたのは年のせいだろうか。とにかくたくさんの家と庭を見ているうちに、自分たちがどんな家や庭が好きなのかが少しわかるようになる。

3分くらい家から北へ歩いたところに畑があって、まわりに大きなくぬぎの木、どんぐりの木が植わっている。低いけれど枝ぶりのよい白梅の木の向いにコンクリートの家が一軒見える。敷地は20坪くらいだろうか。深いグリーンのモダンなドアの前に背の高いスズカケの木が1本立っていて、それも建築の一部のように組みこまれている。その木以外にはほとんど庭がない。北側の2階のガラス戸からは梅の木とその奥に続く畑しか見えないようになっている。1階は明かりとりの小さいスペースしか開いていない。東京でこういう眺めを持てる住まいはなかなかないだろう。建築って面白い。

一重のナニワイバラの垣根が初夏に美しい小さなアパートがある。とても小さな庭が脇にあって、他にも中国原産の黄色の花をつけるつるをからませた柵やウツギの仲間の木、夕顔、濃いピンクのオールドローズなどその選択のセンスに植物好きの持ち主のことが思われる。こんなに小さくて、道を通り過ぎる人の気持ちをこんなに動かす庭が作れるのだ。

さらに10分ほど北へ歩くとユリノキ公園がある。大きく成長したユリノキが、街路樹として700メートルくらいにわたって並んでいる。中央が灌木《かんぼく》と石畳の散歩道になっていて車道の他に、一方通行の道、さらに片側にはコンクリートの歩道がついている。特に花が植わっているわけではないが一年を通じて緑が美しい。夏の夕立ちの時、ユリノキの下は大きな葉のおかげで雨やどりできる。

街路樹がずーっと並んだ道は散歩するのにとても具合がいい。木があると風が通っていくし、きびしい陽ざしも避けられる。秋が終わる頃、ユリノキの大きい葉が落ちてそこらじゅうに重なる。カサコソと踏むと音がするくらいの枯葉が面白い。東京だけでなく地方へ旅した時も、気ままな散歩を欠かさない。歩いているうちに公園や並木の樹木の100年先を考えて、木の成長を見守る人のことを思う。都市計画とか行政とかの言葉にするとつまらない。木を見つめる人がいて欲しい。木のある空間について考える人が増えるといい。

Naniwaibara

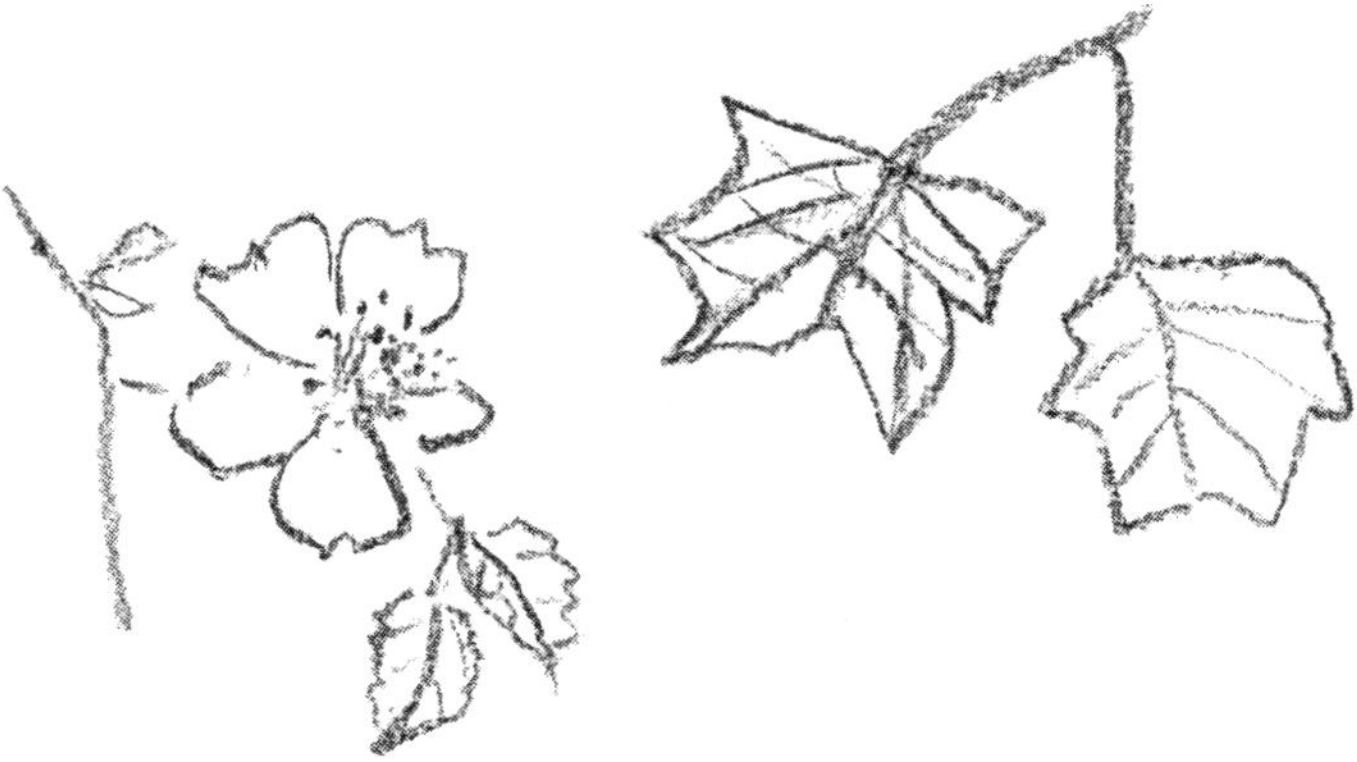

Fujiibara

家のシンプルな丸パン

朝食のパンは、1週間に1〜2回焼いて冷凍しておいたものを1人2個出して、オーブンで温めて食べる。丸パンだったら1回にだいたい24個焼く。大きくまとめて焼いたものを切り分けて冷凍することもある。冷凍庫にはいつも4〜5種類のパンが入っているから、朝、起きた時の気分でその中から選ぶ。ただし、いつも必ず冷凍庫に入っているのが、シンプルな丸パンなのである。

初めは雑誌の企画でパン生地でハートを作ることになった。適当に強力粉、水、ドライイースト、砂糖、塩を混ぜてこね、ビニール袋に入れて撮影場所へ持って行き、細長いひも状にのばしていろいろな形を作りオーブンで焼いた。イーストは少なめで、きつね色になるまでよく焼いたことを覚えている。

これがびっくりするくらい香ばしくておいしかった。食べる目的じゃないからと目分量で簡単に作った生地なのに……。粉の香ばしいふくらみのある風味と弾力のある歯ごたえがすばらしく、皮に囲まれた中身も焼いてしばらくはふんわりしている。パンを家で焼くって、こういう素朴で無理のない単純なことなんだと、その時、はっとした。

イーストが多めでバターなどの油脂をある程度加えて温度管理をしっかりして焼いたパンは、ふんわりして時間がたっても柔らかさを保っている。でも素朴に焼いた原始的なパンもおいしい。私が好きな香ばしさと弾力が確かにある。

それからいろいろ試行錯誤して7～8年たち、我が家の丸パンに落ち着いた。強力粉は近くのスーパーマーケットでいつでも手にはいるカメリア、ドライイーストはサフ、一度沸かして30℃に冷ました湯と塩、砂糖を混ぜる。たいていは無塩バターなどは加えないでこねる。無塩バターを室温にして柔らかくして、同じ生地に大さじ1～2加えると、1個の焼き上がりがひとまわり大きくふんわり仕上がる。こちらの方が普通は好まれるタイプのパンかもしれない。

パンというと口あたりの柔らかさが求められることが多い。ブリオッシュ生地のトーストパンも、そういう軽やかさが人気なのだろう。でもバターなしの家のシンプルな丸パンの皮のところの香りと弾力のある中身の風味は毎日食べてもあきない。

私が好きなものはあきないというのが決め手になっている。シンプルでもあきないためには奥行きが必要だと思う。本当にいいなあと感じる、越えたところのある何気なさがむずかしい。なかなか見つからないし、シンプルなだけに途中で気を抜くと、手にしたものがふと消えてしまう。

この丸パンは夏と冬、春、秋では配合の加減、温度管理なども変えないといけない。しょっ中作っていても焼き上がりが微妙に違うこともある。この丸パンが冷凍庫に切れると落ち着かなくなる。朝食のために、家の丸パン以外で冷凍庫に入っていたら最高と思うのはパリのパン屋のではなくバスク地方のげんこつパンとフロイン堂のパンかな……。

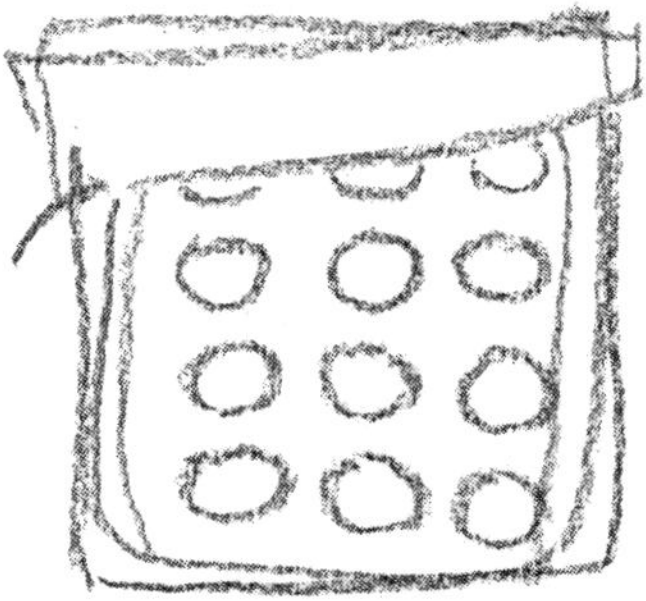

Framboises

セロリの葉の炒り煮

母が、松本に住む知人から初夏にセロリを5株ほど送ってもらったことがある。5本ではなくて5株だった。1株にしっかり取り巻くようにセロリが集まっていて、大きいもの小さいものも全部合わせると12〜13本はあったようだ。母から翌日電話があった。あまり大きい株なので冷蔵庫に入りきらない。それでセロリの酢漬け、セロリの葉と茎の炒り煮、セロリのスープと早速料理してみたけれど、まだ2株残っているので使わないかという内容だった。

セロリの株を取りに行って、母のセロリ料理を試食させてもらった。酢漬けはあっさりした塩漬けに近いものでパリパリとさわやかな味だった。もう少し漬かってからも食べてみたい味。でも何よりセロリの葉の炒り煮が特別においしかった。朝、御飯にのせたら何杯もおかわりしてしまいそうだ。半熟ゆで卵とこのセロリの葉。厚揚げを焼いて大根おろしを添えて……と献立がすぐに頭に浮かんでとまらなくなる。

生でかじっても近くのマーケットで買ってくるセロリとは、月とスッポンくらい違う。嫌なくせがなくて、すがすがしい香りとみずみずしい歯ごたえが何ともいえない。

マヨネーズの上にほんのちょっと粗塩をふって、それにつけながら食べると、いくらでも食べられる。セロリってこんなにおいしかったんだろうかと思う。

葉のほとんどとかたそうな軸を7～8本分煮たけれど、しっかり炒り煮するとかさがかなり減る。そしておいしいのであっという間になくなる。また採りたてのセロリの茎を手に入れたら、こうして食べようと誓った。

作り方は、葉をよく洗って細かく刻む。軸はすじをとって粗く刻む。赤唐辛子は種を除いて輪切り。鍋に胡麻油を熱して、軸と葉をしばらく炒める。しんなりしてきたら日本酒としょう油、赤唐辛子を加え、木ベラで混ぜながら水分がなくなるまでじっくり炒り煮する。

炒り煮にした残りのセロリはしばらく我が家の冷蔵庫の野菜室にあったが、数日たっても、買ったものよりずっとさわやかな香りと味がした。

裏の畑の大根

家の裏手を歩いて3分くらいのところに畑がある。少しずついろいろな野菜を季節ごとに育てて、週2日その収穫を木の台の上で売っているのは知っていた。暮れもおしせまった、昨年の12月30日。畑の脇のいつもの無人野菜売場に人が集まっていた。2～3人、人が待っていて、畑のおじさん2人が一生懸命大根をぬいては手渡しているところだった。キャベツや小松菜、ほうれん草、カブ、聖護院大根はまだ台の上にいくつか並んでいた。大根が足りなくなったようである。

お正月用ということで、大きな大根を2本も3本も買っていく人がいた。私もキャベツと小松菜、小さいカブと大根を買ってみた。その場でさっと大根の泥を落としてもらって、家で新聞紙に包んで外の納戸に保存した。

その大根のみずみずしかったこと。自然な野菜の甘みが感じられて歯ざわりもいい。大根がだんだんおいしくなくなってきたと思っていたが、こんな近くにおいしい大根が育っていることは知らなかった。子供の頃食べていた野菜と今の野菜はどうも味が違う。たまに本当においしい野菜を食べると、つくづく一番贅沢な御馳走は野菜という時代なのかなと思う。

実家のある狛江の無人野菜売場の枝豆とここの大根は、昔の採りたて掘りたて野菜の味を思い出させてくれた。

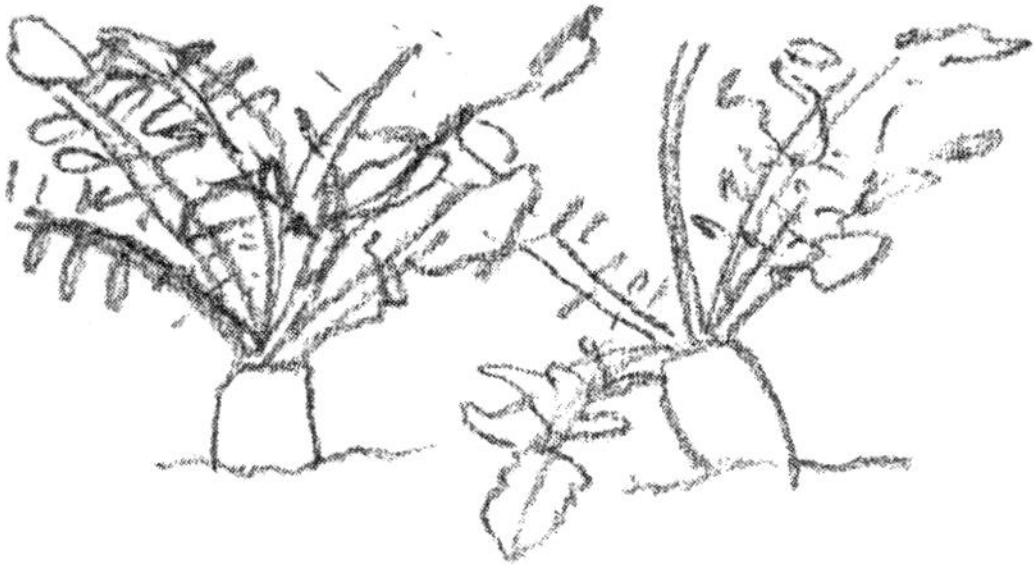

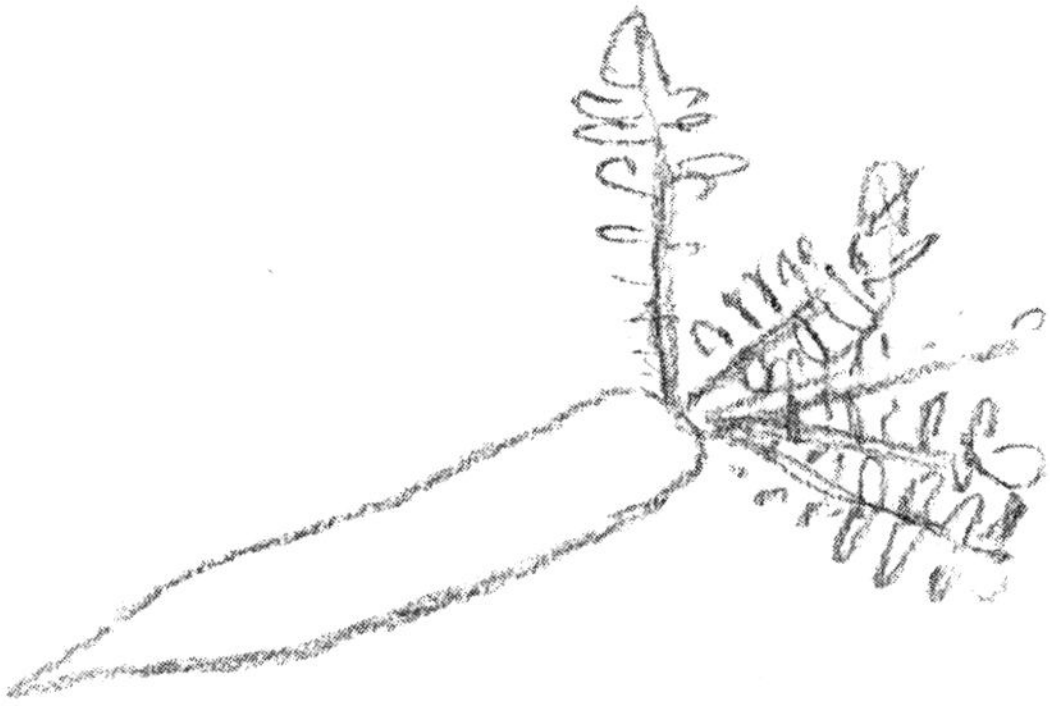

早起きトマトと目玉焼き

小学生の頃、夏休みに茨城に住む伯母の家で1週間くらい過ごさせてもらった。伯母のところには従兄弟がたくさんいる。男6人に女1人で、一番末のまち子ちゃんが私より一つ年上だった。

朝ごはんに、目玉焼きとトマトとわかめの味噌汁を食べた。狛江の実家でもよく出されたおかずなのに、ものすごくおいしかった。それから何年かは「好きな朝ごはんは？」と尋ねられると、必ず「目玉焼きとトマトとわかめの味噌汁」と答えていた。

おやつのことも覚えている。竹ざるいっぱいのゆでたまごと蒸したもぎたてのとうもろこしを縁側で御馳走になった。「一度にこんなにゆでたまごを食べていいんだ」とたくさん食べた。きっと近くで飼っているニワトリの生みたての卵だったのだろう。トマトも胡瓜も畑からもいで、西瓜も井戸水で冷やしてあったと思う。おいしかった。ゆったり大きな味がした。

茨城へ遊びに行って、初めは東京のネコみたいに我ままを言って従兄弟たちについていくのもやっとだった。でも従兄弟たちは面倒見がとてもよくて、のびのびしていて俊敏に動いていた。大きな川にヒシの実採りに行ったり海で泳いだり、歩いたり走ったり、いろいろ遊んでもらって、運動もよくしてぐっすり眠った。その翌朝だからお腹もペコペコで、朝ごはんが待ち遠しかったに違いない。

そして伯母は早くに起きて、大勢の分の御飯を炊いて味噌汁を作る。皆でいっしょに、目玉焼きとトマトと食べる。ゆでたまごだって、西瓜だって、大勢で食べるのがおいしい。今は我が家は2人だから、ちょっと奮発して地鶏の卵やら完熟トマトなどをマーケットで買い求めて、目玉焼きとトマトの御飯にしても茨城の朝ごはんにはぜったいに敵《かな》わない。

あの夏休み、茨城の海より何よりも私の記憶に焼きついているのは、目玉焼きとトマトとおかわりをよそってくれた伯母の手やおっとりと温かい話し方のこと。目玉焼きとトマトは、香りもふと思い出せる。

モーニングカップ

朝食にはミルクティーを飲んでいるが、20年くらい前はカフェ・オ・レだった。フレンチローストほど苦くない、ジャーマンローストのコーヒー豆を挽いていれていた。その頃買い求めた、ダンスク社の白のコーヒーカップ（ダンスク社はデンマークの会社だと思ったがこのカップはオーストリアで作られている）。我が家には4客あるが、朝コーヒーを飲まなくなった今も、このカップのニュアンスのある白と大きめの端正な形は大好きだ。

モーニングカップというと、このカップが頭に浮かぶ。ただコーヒーの好みは変わって、軽快な酸味のものを午後2時か3時の眠くなってきた時間に飲むのがよくなった。京都のイノダコーヒーで飲む砂糖とクリームの入ったコーヒーなら二杯めをおかわりしたくなる。

カフェ・オ・レ・カップは、濃いブルーの縁模様の入った小ぶりのものが気に入っている。パリのボンボンとチョコレートの店で買ったベルギー製の陶器で、縁2センチくらいのところにインクのように深いブルーで線と点と葉のくり返しパターンが入っている。地の白はミルク色に近い。これはキャラメルミルクなんかも合う。

変わったところでは、ふと見つけた日本の陶器で、外側がチャコールグレイで内側がグレイがかった白のカップ。このつや消しのチャコールグレイの色が静かで理知的な印象を与える。このカップには中国系のキーマンティーがよく合う。キーマンティーは中国と香港でお土産に買ってきてもらったものがあって、それぞれ微妙に風味が違う。案外、大衆的な値段の黒い缶入りの方がおいしい気がした。受け皿もチャコールグレイなので、パン皿や取り皿も和の陶器を組み合わせている。

いつも朝食用に使っているのは、ウェッジウッド社の薄手で大きめのカップ。以前はホテル・レストラン用の厚手のタイプを使っていた。形はこちらの方が何気なくおっとりとしていてよかったのだが、2客のうち1客をこわしてしまった。滅多《めった》に食器をこわすことのない私なのだけれど。

もう1客を柄のないシュガーボウルで代用していたが、主人がロンドン出張の時ウエッジウッドの薄手の方のカップを探してきてくれた。柄の部分はやや華奢な感じで初めは気になったがボディはいい形だと思う。このカップは一度ミルクティーを飲むとよさがわかる。口にあたる部分の質感と薄さが朝の紅茶にはぴったりで、飲み心地がさわやかなのだ。

ティーカップによって、ミルクティーの味はずい分違ってくる。紅茶の葉の種類、保存状態はもちろん、水や湯の沸かし方、加えるミルクの種類、紅茶をいれるポット、ティーカップを替えると不思議なくらいミルクティーの味が変わる。実際紅茶をいれて飲み比べると実感する。

朝はいつも薄手の方なので、昼、1人でミルクティーを飲む時は、1客残った厚手の方を出してくる。

来客用に6客揃ったティーカップが4種類ある。どれも白の無地でシンプルなタイプだが、小ぶりでやや厚手のもの、中くらいのもの（日本製）、大きくてカチッとしたデザインのもの（デンマーク製）など、いれるお茶の種類によって使い分けている。

デザイン的には大好きなカップでも、紅茶の味はなぜかさほどでないことがある。やはりモーニングカップは飲むコーヒーや紅茶がおいしく感じられるものがいい。シンプルで見あきないデザインで、使い勝手がよいことが選ぶ時の条件になる。途中で妥協しないで好きなカップに出会えるまでゆっくり探すのが、経験から言うとすすめられる手に入れ方かもしれない。

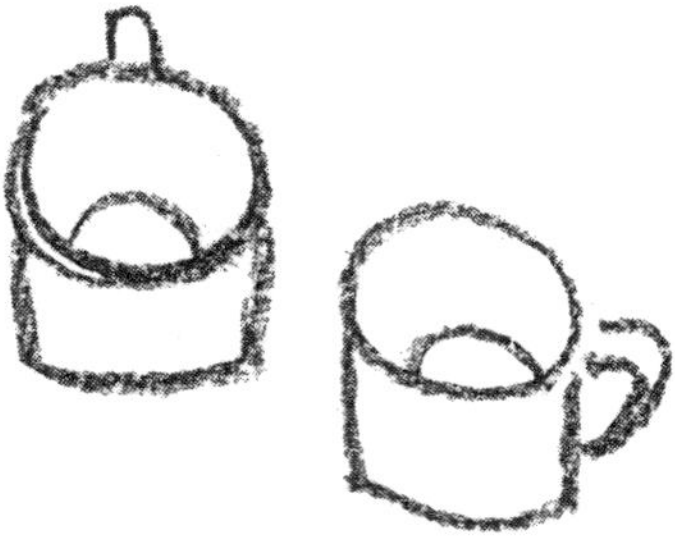

大事なパンの温め方

朝食のためのパンは、だいたい1週間に1～2回焼いて冷凍しておく。温め直す時のことを考えて、1人分が2個になる大きさがちょうどいい。小さなテーブルロールかプチパンのサイズに丸めて焼くことが多い。このくらいのサイズだと、予熱なしで電気オーブンを100℃にセットして、天板に並べて入れ、そのまま冬で約13分、夏で約12分温める。

本当は一番おいしく温めたいなら、20～30分天板に並べて自然解凍してから、100℃で5～6分温める方法がいい。皮はパリッと香ばしく中身はふんわりしていて、焼きたての香りも失なわずに温められる。季節によってかかる時間が変わるので加減する。

一切れずつに切り分けたものよりまわりを皮で包まれた小さな形が温め直す時には香りが逃げなくていい。細長い棒状にすれば同じくらいの時間で温められる。三日月パンやイングリッシュマフィン、ベーグルも同様に温めて食べる。

スライスした食パンや、あらかじめ半分に切り分けて冷凍しておいたイングリッシユマフィンやベーグルなら、そのままトースターに入れて焼く。金網にのせてあぶる方法でも鉄板で焼き色をつける方法でもいい。朝、最も簡単に食べられるのがこの種類のパンかもしれない。

フランスパンはむずかしい。自然解凍だけだと皮がパリッとしないし、テーブルロールのように温めると香りがとんでしまったりする。2〜3センチの厚さに切り分けたバゲットなら、室温で自然解凍してからバゲットをフォークに刺してガスの直火の炎の先であぶるようにする。皮目にプチプチと細かい泡のような焼き色がついて、表面から軽い音が聞こえてきたら、クルクルまわして全面火をあてる。こうすると皮がパリッと軽やかで香ばしくなる。前日に焼いてそのまま置いたバゲットも、こうしてガス火であぶるとおいしい。急ぐ時は、冷凍庫から出した他のパンといっしょに3〜4分オーブンで温めてから取り出してガス火で皮をあぶる。

ライ麦の入ったしっとり弾力のある田舎パンだったら、薄切りを自然解凍した方がおいしい。天然酵母の酸味のあるパンは、トーストするともちもちっと香ばしく焼けていい風味になる。

ブラウンシュガーとバターを溶かした中に丸めたパン生地をころがしてエンゼル型

に詰めて焼くモンキーブレッドというパンがある。まわりがキャラメル状になってい るので、そのまま室温に置いても翌日、中身がふんわりしたまま食べられる。

クロワッサンは温め直したりしない方がおいしいと思う。焼きたてののびやかな風味の間に食べたい。温め直すと、焼き過ぎたバターのにおいが勝ってくせが出てしまう。フランスのホテルに泊まると朝食にバゲットとクロワッサンが出される。普段はクロワッサンやデニッシュは朝、食べないけれど、フランスに旅行した時は食べてみることにしている。時々とびぬけておいしいクロワッサンに出会う。

やや酸味のある、つまり天然酵母のパン生地で発酵バターを使ったもの、しっとりとして指先でちぎるとのびがあって、バターのサクサクした層の部分よりパン生地の弾力のある部分が多めのクロワッサンが好みだ。冷めていても朝早く焼いたクロワッサンなら柔らかな風味がある。フランスのあちこちのホテルで食べてみて知った自分の好きなクロワッサンは、日本で考えていた上出来の折りパイのようなクロワッサンと違っていた。

パンケーキだったら前の晩に材料を量っておいて、朝、焼いたらいい。温め直すことはあまり考えない。ワッフルはちょっと手がかかるから、じっくり焼ける時に焼いて冷凍しておき、さっと温め直して食べることもある。

玄米パンや花巻きなどの蒸しパンは、蒸し器の中に並べて、強火で蒸し直す。電子レンジで温めるのは上手ではなくて、つい昔ながらの蒸し器を出してしまう。我が家のオーブンレンジは正直なところほとんど電子レンジ機能を使っていない。

我が家のティーポットカバー

真夏の朝から26、27℃という日には使わないが、冬は毎朝ティーポットにキルティングの布を内側に合わせたポットカバーをかける。

ちょっと自慢なのは、裁縫の苦手な私が型紙から起こしてミシンで縫ったポットカバーで、よそでは売っていないデザインの布を使ってあることだろうか。

ティーポットはいろいろな形のものがあるから、自分の家のポットカバーを作るのには、包装紙などをミシンで縫ってかぶせてみて型紙を決めるといい、と母にアドバイスを受けた。母は洋裁が得意で、私が子供の頃の夏のワンピースはたいてい母の手製だった。母は自分であれこれ工夫して型紙を作るのがとても好きなプロセスだったらしい。

ポットの高さ、胴のふくらみ加減、裾まわりのカーブなどをこの型紙を使って合わせていく。人間の洋服の時は面倒に感じて興味を持てなかったのに（家庭科の授業などでも……）、対象がティーポットとなると意外に面白く、作業も手際よく進められる。型紙から作るというのはなかなかわくわくする。

次のステップとしては、外側用の布と内側用の保温性のあるキルティングの布を探す。キルティングは斜め格子のようになった生成りの生地を2mばかり買った。外側は失敗してもいいように初めの1つは家に残っていた使い古しのキッチンクロスを使うことにした。案の定1つ目はあちこちの箇所で失敗をした。縫いしろを計算しないで布を切ってしまったり、縫い合わせる面を間違えたり、縫う順番を間違えたり……。その度に布を新たに出したり、糸切りでミシンの縫い目をほどいてやり直しした。これはとても情けない作業だった。私は布まわりの仕事についてはうっかりミスが多い。織りを習ってみた時にも痛感した。1本糸を通す順を間違えると、何十本何百本を初めからやり直すことになる。これを何回かくり返して私の早く目的地まで疾走したい性分は織りの作業には向かないと諦めた。途中の過程も楽しんでやるのがいいそうなのだが。

ポットカバーについてもこの時の経験が役に立った。練習用の布でまずやってみたことと、キルティングの生地をたくさん買っておいたこと。おかげですぐ2作目に取り組めた。少し慣れてきたので、とっておきの布でもいくつかこしらえた。

1つはピカソの線描きの牧神が墨でキャンバス地にプリントされた南仏の布。ちょうど顔の輪郭にあたるうず巻きの大きさが型紙いっぱいに入ったので、とてもユニークな柄のポットカバーに仕上がった。

それから姪のまゆ子が描いたねこじゃらしの絵を雑誌の仕事の時シルクスクリーンで染めた布。原画は黄緑の線でねこじゃらしの穂と葉を大きく描いてあったが、これを縮小してくり返しパターンで版を作った。色は忠実に明るい黄緑にした。端にAtelier hと手書き文字を入れたので、これをポットの裾にくるようにカットした。

このねこじゃらしの絵は本当にいいデザインだと思う。ポットカバーにしてもとびきりいい。もう1つは盛岡で買い求めた手織りの木綿と麻の布。白地に墨色の細いストライプがさわやかな柄の反物を友人4人と買って切り分けた。あきないシンプルなストライプのポットカバーになった。

他にもベージュの麻や白地に赤の文字、マーク入りの布などで小さいポット用も作った。毎朝テーブルの上で見るポットカバーは、あきないデザインで様々なテーブルクロスと合わせ易い布を選んで作るといい。型紙に合わせて柄のどの部分を入れるか考えているると、ほんの少しだけクチュリエ（仕立屋）の気分になる。ティーポット専用のクチュリエである。

いいデザインの布があると、テーブルクロスやナプキン、ランチョンマット、小さいコースターを縫ったりはそれまでもしていた。我が家のテーブルは大きくてなかなかサイズがなかったりするので、たいてい生地を買って耳はそのまま、縁だけ縫う。直線縫いは裁縫が苦手でもできる。

ナプキンは端の厚みが重なる部分がむずかしい。コースターは、一度縫って裏返して上からもう一度縫うが、一辺が時々ゆがんでしまう。それでも好きな色とデザインを自由に選んでテーブルの上で組み合わせられるのは楽しい作業だと思う。

秋田の家の朝ごはん

マスの味噌漬焼きとシドケのお浸し、アイコと根曲り筍と豆腐の味噌汁。ミズと胡瓜とウルイの一夜漬、卵焼き、御飯。5月末頃の秋田での朝食の献立である。お浸しがアイコだったりホンナだったりする。柔かいワラビのこともある。我が家ではたいていミルクティーとパンだけれど秋田では主人の母の作る和食の朝ごはんが何より楽しみだ。

マスは味噌漬と言っても、味噌のしっかりした味ではない。秋田味噌を日本酒でときのばした中にマスの切身を一晩漬ける。翌朝まわりの味噌をぬぐって網で焼く。照り焼きに近いくらいのあっさりした仕上がりなのだが、しょう油ではなくて味噌の深みのある味に香ばしく焼けて何ともいえない。この味噌漬焼きはとにかく一度食べてみなければわからないと思う。

卵焼きは卵に酒、しょう油、砂糖を加えて混ぜ合わせ、フライパンに油を熱した中に入れて、半熟のひだを作りながら片方に寄せるように巻く。だし巻きとは違う母の作り方は、案外コツが要る。そのかわり出来上がりは朝ごはんにはぜったいにこの卵焼きしかないと思うほど。勢いがあってごはんによく合う味なのだ。

4月中旬から5月後半にかけて秋田の市場にはいろいろな山菜が出回る。東京では見られない種類も多い。私は朝ごはんには、アイコのお浸しとアイコを入れた味噌汁がとても気に入っている。

シドケは、山菜特有のくせのあるほろ苦さがある。アイコは青菜のように見えるが、自然なコクがあって味噌炒めにすることもある。根曲り筍も、採りたてを皮をていねいにむいてゆでたものは、歯ざわりも風味も柔かく、初々しい香りが感じられる。ミズは夏まで出回っている茎を食べる山菜で、赤紫色の茎をゆでるとさっと緑に変わる。これを包丁でトントンとたたくと少しねばりが出てくる。漬けものや和えもの、鍋の具にもよく登場する。ウルイはギボウシのこと。サクサクした歯ごたえを生かして即席漬などに使う。

夏になると朝の味噌汁に里芋の茎が入る。市場に緑と白の茎から根にかけての里芋の株が泥つきで売られている。この根と茎の間のところが里芋のぬめりと茎のしゃきっとした舌ざわりを両方持っていて、とてもおいしい。京都で炊き合わせに使う芋茎《ずいき》とも違う味だと思う。油揚げや豆腐、細い地物のいんげんなどと合わせた具だくさんの味噌汁は、夏の朝ごはんの主役かもしれない。

秋になると、薄紫の菊の花びらを酢を入れた湯でさっとゆでたお浸し。これにきんたけやはつたけの辛煮と大根おろしを添える。きのこは水、酒、しょう油を同割にして鷹の爪を好みの本数加えて煮る。煮汁は多めにして、この中に漬かった状態で常食にしている。きのこによってちょっとぬめりが出て、この汁ごと紫菊と大根おろしにしょう油の代わりにかけるわけである。菊のしんしんとしたすがすがしい味にきのこの旨味がよく合う。これも秋田で初めて食べた組み合わせだ。

秋はまた、山なめこが出てくるので味噌汁に使う。山なめこは傘がやや開いた感じで柄も長くひょろっとしていたり平べったかったりの形だけれど、まわりのぬめりの具合と風味が自然でおいしい。普通東京で手に入れるなめこよりさわやかな風味だと思う。

あと忘れてはいけないのが秋田のお米のおいしさ。とにかくごはんがおいしいので、ごはんが進むおかずが朝ごはんの献立には多い。昨年、母の手料理を雑誌で撮影する機会があって私も少し手伝いをした。その帰りがけに40年ぶりくらいに納戸にしまってあったお釜を譲り受けた。主人がまだ子供の頃、おばあちゃんが愛用していたというお釜だ。年月を経て風格が出ている。つばの下から底にかけてはもう真黒になっていて、杉の木の厚手のふたは焦げたところもあり、もう穴があいていた。

主人の子供の頃の話を聞くと、きりっとしてシャープな視線のおばあちゃんがよく登場する。主人が仲良しだったと言っているそのおばあちゃんも使っていたお釜とすりこぎを手にして、とてもうれしかった。台所の道具は主人の祖母と母に長年使いこまれていい表情になっている。鋳物と木のこんなふうに美しい様子は誇りに思える。

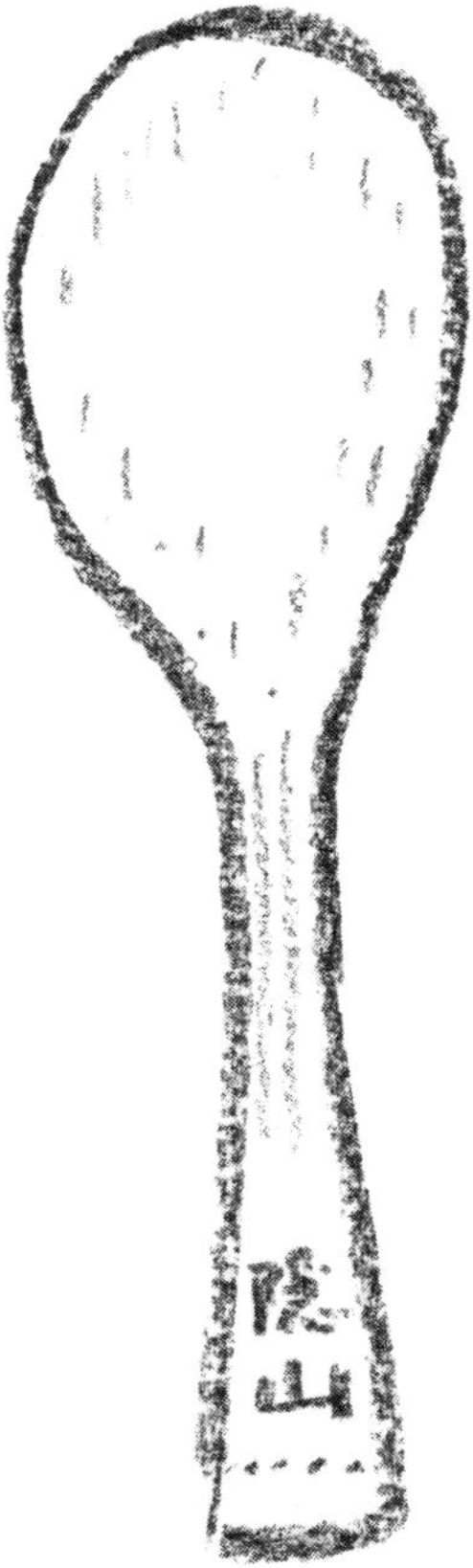

朝食をとる部屋

今住んでいる家は賃貸マンションで広さは75㎡くらいある。2人で住むには広い方だと思う。なぜここを借りることにしたかというと、南に面した2部屋の開口部からの眺めが東京にしてはとりわけよかったから。

住みたい部屋の条件には広いLDKとフローリングの床、面積と値段の枠、地域を挙げておいたのだが、地域以外は条件が合っていなかった。ダイニングとキッチンで13帖、リビングは11帖という間取りで、他にベッドルームとサービスルームがある。玄関脇には納戸がついていて南側の部屋までは廊下がついている。床はグレーの粗い織りのカーペット敷きで、壁は無地のクロス地に似た壁紙で何気ない。部屋に通された時、ダイニングのガラス戸の向うに外の大きな木だけが見えた。その一瞬でもう決めてしまった。

家探しというのはこういうものなんだろうと最近思っている。机の上で考えた条件は案外すーっとはずせてしまうことも多い。それぞれ条件と思っていたものよりずっと魅力のある何かがあればいいのである。

広いＬＤＫというのは雑誌や本でいつのまにかインプットされた情報なのかもしれない。人を大勢招いてのパーティーや人数の多い家族の団欒《だんらん》は我が家の場合考えなくてよかった。20代の頃は多人数のパーティーをしたものだが、40歳を越えた今は親しい友人と5～6人で主に食事を楽しむことが多い。それも月1回くらいなので我が家を使うのは、住人の2人がほとんどということになる。

我が家のテーブルは大きいので外の眺めのいい所に置いた。キッチンと間のカウンター部分を除くと8帖くらいのスペースだからぶつからずにやっと一周できるくらい。食器棚や本用のクローゼットを壁際と台所との境に並べてダイニングは文字通り食事をとる部屋にして使っている。間のカウンターには洗ってふいた食器や盛りつけた皿を一時置いておけて使い易い。

レンジや流し側のカウンターだけだと私はかなり動きが悪くなるように感じているのでこれは助かる。何より間のカウンターに向っていると、外の柳の木とむくの木がテーブルに座った時よりもっと近寄ったように画面が切りとられ、眺めに迫力がある。12月末に柳の細い葉がみんな金色に変わって風になびいている様子など、立ったままずっと見入ってしまう。ベランダは1メートルくらいの高さまで半透明の網目ガラスで囲ってあるので、視界に気になる部分が入らない。このマンションの設計をした人は全体にそういう視点が通っていて、私たちと相性がよさそうな気さえした。

広いLDKというと、ダイニングテーブルがあって奥にはTVやオーディオソファのセットがあって……と様々な要素が一つの視界に入ってくる。これをいつも見ていて心地よい程度に整理したりコーディネイトしておくというのは面倒かもしれない。

今のところ我が家はダイニングで食事をして、食後のお茶やコーヒーはリビングに移ってとるスタイルにしている。リビングはソファを柳の木がよく見える位置に置いて、あとは座りこんで大きな木のお盆やステンレスのトレイなどを出してお茶を飲む。

ソファは大きめの2人掛け用だけれど、専《もっぱ》ら頭を肘の部分にのせて横たわって読書する寝椅子になっている。黒い皮張りでクロームの銀の枠がついたコルビュジェのソファの他に1人用のを置くと威圧感が出てきてしまうので、リビングの中央部分はゆったり空けておいた。壁の側に実家から譲り受けた木のテーブルとN.Y.郊外に住んでいる頃買った、黒い天板にクロームの足のテーブル、黒い鉄の丸いガーデンテーブルが置いてある。

木のテーブルは細長いテーブル二つを合わせて正方形にして5人家族で使っていた

もので、叔父が40年前実家を建てた時、楠の一枚板でいっしょにこしらえたもの。ユニークな足の角度だが年月を重ねた木の表情が何とも温かみがあっていい。このテーブル二つを東側に縦に並べてイタヤカエデのつづらや鉄の燭台、柳のバゲット用のカゴなどを置いている。

クロームの足のテーブルにはアフリカの黒い木のボウルや黒の陶器などのコレクションを並べて、アフリカの泥染めの布の額の下に。

ダイニングは何気ないけれどあきないインテリアで、額もモノクロームの市場の写真や文字、ラベルのコレクションを入れてあるし、食器棚のガラスを通して見える部分には透明なガラス器だけ入れてある。テーブルクロスに色があるのでこれくらいシンプルな方がいい。片やリビングの方は黒やアメ色の木の色のインテリアで、コレクションしたものを並べたりして遊びの気分を中心にしている。

マンションがこういう間取りだったのでこんなふうに住むようになったわけだけれど、私たちにとってこのスタイルはなかなか悪くない。もし家を一軒建てることがあっても、ダイニングの広さは100×180センチのテーブルが置ければいい。ただし、2人が座った時の眺めが気に入らないとだめかなと思う。毎日まだ眠い頭でテーブルにつき、他愛のない会話をやり取りしながらゆっくりとる朝食が、私たちの一日にとってかなり大きな部分を占めるような気がしている。

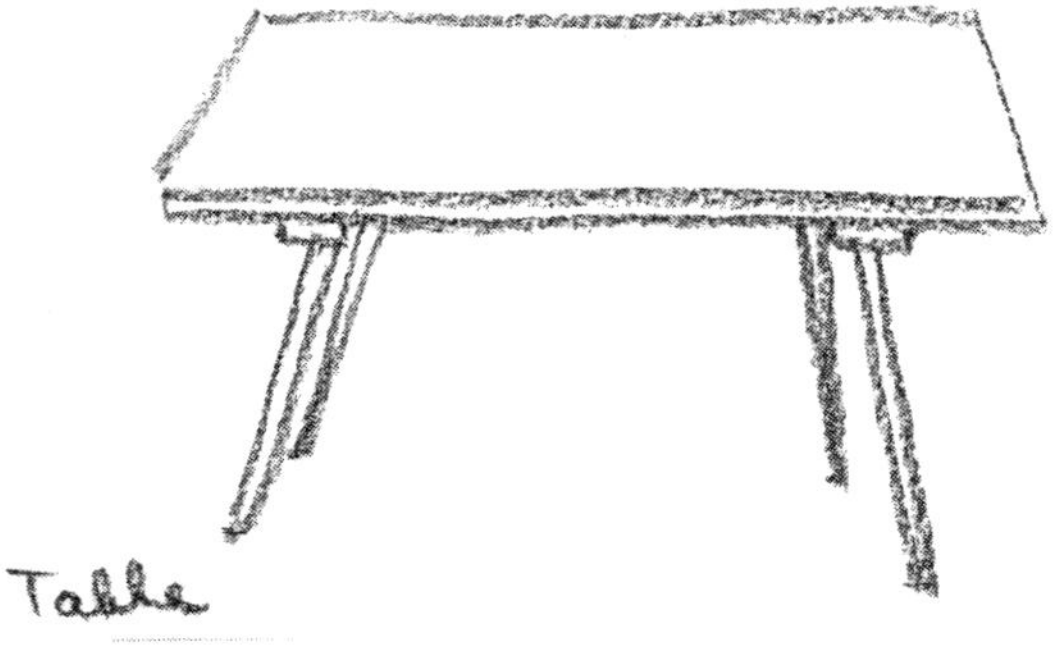

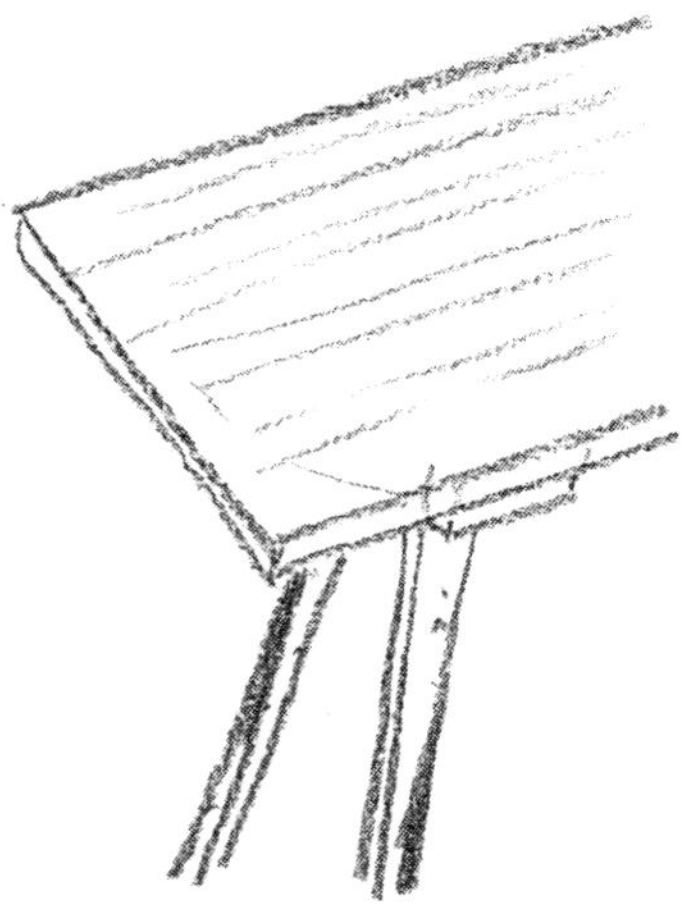

朝ごはんを食べにやって来る猫

私がまだ大学生の頃、実家の庭によくトラ猫の子供が遊びに来ていた。この猫は家の物置きで生まれた。鳴き声がするので家族が気づいて様子を見に行くのだが、人を恐がって物置きから外へ出て来ようとしない。物置きの戸口の前に浅い皿を置いて、3歳下の弟が毎日そっとミルクをやり続けた。そのうちに姿を見せるようになったが、その猫はとてもチビでまだ毛がよれよれだった。弟が「ゴゲジャバル」という名前をつけ、家族皆で「ゴゲ」と呼んでいた。

「ゴゲジャバル」というのは『みんなの歌』に登場する、踊りを踊る猫の名前だった。野良猫の子供だったようだが、それから20年近くずっと家の辺りに住み続けた。右隣りの家でも左隣りの家でも別々の名前で呼ばれていたから、完全な野良猫でもないし、家猫でもないようだった。

大学生は比較的朝ゆっくりしていられたから、このゴゲが朝ごはんを食べに食堂の前の石段にやって来てガラス戸の前であいさつするのをよく見かけた。そうすると家族の誰かが台所でゴゲの朝ごはんにできるものはないか物色する。ミルクをいつもの浅い皿に入れ、煮魚の残りなどを別に添える。何も見あたらなくて新しく冷蔵庫のカマボコを切ってやることも多かった。おじやなどは嫌いらしく、卵焼きや鶏肉などは好きだったようだ。

ゴゲはゴゲなりのマナーをいつも守っていた。毅然とした野良猫のプライドを感じさせる立ち居振る舞いというのだろうか。まずガラス戸の前でこちらを真っすぐに見て座り軽くニァーオと鳴く。

朝ごはんが用意できるまで石段に座ってちょっと斜めの別の方向を向いておとなしく待っている。朝ごはんを出してもすぐには飛びついたりしない。皿のところまで別段用はなくても遠まわりして近づいてきて、ゆっくり食べ始める。好きなものは一生懸命になって食べているが、今一つのものの時は骨などを前足で押さえたりまわしたりして遊んでしまうこともあった。そして満足するとゆっくり庭の細い道を引き返して行く。

母がいろいろな草花を自然に植えた庭で、飛んでいる蝶を追って軽やかにジャンプしている姿が目に焼きついている。その様子をずっと眺めていたくなるほどゴゲは楽しそうだった。

その後弟が東北大に入学して、東京を離れて暮らすようになった。私も結婚して世田谷に住んだ。年に1~2回弟が帰って来て皆で食堂に集まると、なぜか必ずゴゲがあいさつしに来た。その頃、ゴゲは右隣りの家の猫として暮らしていたようで、気の向いた時ふと顔を見せるくらいだったのに、弟が来るときっと来た。いつのまにか体型はスリムなままなのに年老いて食べるのに苦労をするようになっていた。歯が悪くなったのかもしれない。それでもゴゲの静かだけれど毅然とした眼ざしとマナーは変わらなかった。

20年近く付き合ったそのゴゲが死んだ。いつ死んだのかわからなくてしばらくたってから聞いた。

弟が高校生の時初めて買った一眼レフのカメラで写したゴゲの写真がある。自分で印画紙に現像してあってモノクロームの写真の縁がちょっと斜めになっている。すごく光が温かくて澄んでいて普通の紙焼きの写真とはまったく違う時が写っている。望遠で撮ったのだろうか、ゴゲは自然な様子で緊張していない。まだ若くてあどけない表情の子猫が昔の家の庭の石畳に座っている。この石畳は亡くなった祖父が型に流して自分でこしらえたもので今はもうない。枯木の下に身を潜めて何かを見つめている写真もある。

弟の撮った写真を見ていると、私たちがよく遊んだ昔の庭のにおいと家に朝ごはんを食べに来ていたあのゴゲのまわりの空気が戻ってくる。今でもゴゲはふと遊びに来るんじゃないかと思ってしまう。庭からすーっと近寄ってきて、朝ごはんを食べに。

ゴゲはゴゲジャバルと名付けてしまったけれど、雌猫だった。

今、家を建てるとしたら……

編集者のSさんが雑誌のコピーを送ってくださった。建築家の中村好文氏がル・コルビュジェの建てた家を訪ねて書き綴ったレポートの「母の家」と「休暇小屋」についての回でとてもわかり易く説明してあって面白かった。ル・コルビュジェの『小さな家』は日本語版もフランス語版も持っている。フランス語版はひとまわり小さくて本の綴じ方も表紙のデザインも違う。雰囲気があって大好きな建築についての本の一冊だ。

一昨年、池袋の西武美術館でル・コルビュジェの建築物に関しての展示を見た。集合住宅の内側からガラスの開口部を通して見た外の写真、ロンシャンの礼拝堂の中の写真にとても魅かれた。

まだ私たち夫婦は、家を持ったことがない。だから今どんな家を建ててみたいかについて、書いてみる。家については20代、30代の頃は興味があまりなかった。40代に入ってだんだん散歩をしていても家の造りや建築、庭について会話をやり取りするようになったと思う。

まず立地、風が通るところがいい。気候から言うと、松本郊外のように朝夕涼しくて昼間気温が高くなる乾燥した土地が理想だ。そうでなくても前後左右に風の道を邪魔するものがなくて、ちょっと離れた周囲に大きな木があるといい。東京近郊ならやっぱり南側に庭のスペースをとれる地形がいい。

3年間住んでいたN.Y.のアパートメントは北向きの14階だった。陽ざしは中まで入ってくることはなかったけれど暖房、冷房も快適だったし、湿気でカビが出ることも全くなくてよかった。ところが以前マンションの1階に住んでいた時、貯水槽のそばの北側の部屋のクローゼットに入れたものをだめにしたことがある。いくら除湿の工夫をしても風を通してもむずかしい構造というのがある。

玄関は外からすぐのところにしないで、石段を少し上がってか少しアプローチを通ってからのところにあるといい。私は案外に無駄に見えそうなスペースが素敵になると思っている。片側がつるのからまった垣根のような細い小道を通って入口のドアに向ったり裏庭に台所への扉があったりするのが好きだ。玄関は仰々しくないほうがいい。さり気なくシンプルなタイプにする。

庭は本当は広い方がいい。建物は2人で住むからそんなに広くなくていい。今住んでいる2DKにもう少し広いストックルームがあって、土間付きの小さなアトリエが作れたらうれしいのだけれど。庭には、大きく枝を広げる好きな木が何本かあって、花は白か薄い緑で目立たなくても枝ぶりの美しい灌木（ブルーベリーやオリーブの木など……）とつる性のムベやアケビ、ナニワイバラなどはぜひ植えてみたい。菜園も欲しい。

主人は畑仕事がしてみたいと言う。庭は広さだけじゃないようだ。あちこち散歩してみて気づいた。狭くても上手にスペースを生かして木と草を選んで配置して、そこの家ならではの雰囲気が作れたらいい庭になる。建物のまわりの空間は、隣りの家や道路など様々な条件から快適さを守る役割があるので、狭過ぎても困るのかもしれない。

建物は本当は平家がいいなあと思っている。平家で生け垣の家が夢なのだ。外観は何気なくて周りの家々と並んでいて違和感がなく、それでいて気持ちいいタイプ。フェンスは昔風の黒い鉄柵。年月を経て古くなった鉄や鋳物のマットな黒の表情が好きなので作ってもらえるとうれしい。床は実家のダイニング（むくの楠のフローリング）のように40年たっても木の丈夫な美しさが感じられる木を使う。多少ゆがみが出て表面に凹凸が出ても構わない。おっとりと正直な木であり続ける床がいい。アトリエの床は石にできたらと思っている。壁は自然な仕上げの漆喰。
N.Y.のアパートメントの壁はなかなかラフで愉快だった。電灯のスイッチプレートも、コンセントカバーも構わずオフホワイトの壁用ペンキを塗ってしまってあった。きちんとした日本の職人だったら、プライドが許さないような仕事なのかもしれない。壁はオフホワイトのマットな面に凹凸がついてそれだけでアートのように美しく見える。スイッチプレートの横にマンハッタンのギャラリーのカードをピンナップしていた写真が残っていて、今はとても懐かしい。
キッチンにしてもダイニングにしても、便利さと収納を誇るような構造はあまり望まない。作りつけの什器ばかりでこういうふうにしか住めないというのは困る。クローゼットや棚を動かせて、その部屋の使い方も時に応じて変えられる方がいい。キッチンにしてもそこにある棚や開きを自分なりに最大限利用して収納を工夫して何とかするタイプが合っている。これはここに収納すると決められてしまうと、天《あま》の邪鬼《じゃく》がむくむくと頭をもたげそうな気がする。

キッチンについての希望は、隔離された部屋でないこと、テーブルに座っている人と話せること、立って作業している時も外の木などが見えること、作りつけの大きめのガスオーブンがあること、レンジの火力はプロ仕様でなくていい。きれいに保てる材質を中心に使ってあること……だろうか。

こんなふうに書いてみると、どうもずっと昔にあったような不便なところもある家に近い。その割に細かい部分を職人さんが手作りしないと今は手に入らないようなものが多くて、きっとコストが高くつくだろうと予想できる。せっかく家を建てるんだったら夢を大事にしたいけれど、実現は遠いかもしれない……。

一番簡単な野菜の食べ方

最近は季節ごとに野菜の熱あつの料理、冷たいクリュディテ（生野菜の盛り合わせ）などを味わうのが楽しみになっている。季節の野菜は素直に料理したい。あまり手をかけないでおいしく食べる。健康に育った採りたてのフレッシュな野菜を手に入れるのが一番の苦労のしどころ。我が家で気に入っているシンプルな野菜の食べ方を紹介する。

〈マヨネーズ＋粗塩〉

春なら山ウドやさっとゆでたクレソン、最近よく見かけるようになったプチヴェール、菜の花の仲間いろいろ。初夏のグリーンアスパラガス、いんげんなど皿に取り合わせる。

マヨネーズを1人小さじ1くらい各自の皿にとって、その上にブルターニュの海の塩など気に入っている粗塩をパラパラッと指先でかける。これにつけて食べるだけ。マヨネーズにいろいろな材料を混ぜなくてもおいしい。かなりあれこれ混ぜてみて、今のところこの極《ご》くシンプルな食べ方が多くなった。

〈白和えの衣のディップ〉

もちろん何かを加えたソースも作る。白ゴマをすり鉢ですって、水気を切った木綿豆腐を加えてさらになめらかになるまでする。砂糖を少し、薄口しょう油と酒少しで普通の白和えの衣よりややあっさりめに調味する。

この白和えの衣のようなディップも、ゆでたクレソンや紅芯菜、菜の花にとてもよく合う。

〈マヨネーズ＋グリーンハーブ〉

冬には蒸し野菜の熱あつにハーブのマヨネーズを添えて食べる。マヨネーズは、チャイブやイタリアンパセリ、パセリのみじん切りににんにくほんの少しのすりおろし、黒胡椒を混ぜ合わせて作る。

野菜はカブ、にんじん、いんげん、ブロッコリー、じゃがいも、キャベツなどをかたいものから順に蒸し器に入れて蒸す。冬野菜の自然な甘みがおいしい。

〈ピーナッツマヨネーズ〉

ほろ苦い大根、ウド、カブ、胡瓜など、生野菜のスティックにつけて食べるのは、甘くないピーナッツバターにマヨネーズ、隠し味程度の砂糖、しょう油、レモン汁を加えてときのばしたソース。

〈ピンツィモニオ〉

ラディッシュやトレヴィス、フェンネルの茎やセロリ、赤ピーマン、アンディーブなどにおすすめなのは、ヴァージンオリーブ油を皿にとって粗塩と挽き胡椒をふったところに野菜を浸して食べる方法。好みでレモン汁を絞ってもいい。

きなこパン

私が小学校の頃の給食について皆の評判はあまりよくない。確かに不思議な組み合わせもあったし、残さないで食べるのに苦心したこともあった。特に私は脱脂粉乳が嫌いだった。冷たくなくて、ぬるい温度で、アルミのバケツの形の器で運ばれて来て、柄杓みたいなものでアルミのボウルに注ぎ分けた。やっぱり瓶入りの冷たいミルクの方がおいしく飲めると思う。ただパンはおいしかったという記憶が残っている。

毎日1人に小ぶりの四角い食パンが3切れか4切れ重ねて出される。この食パンが、確か東横食品のパンだった。きつね色の皮に浮き上がるように昔の東横のマークがついていた。直径7〜8センチの丸に頭文字のTYをデザインしたマークが食パンの焼き型1つ1つに入っていたのだろう。

小さい銀紙に包まれたマーガリンを塗って食べる。ピーナッツクリームの日は、楽しみだった。給食当番が、なめらかなクリーム状のピーナッツバターをスプーンで重ねたパンの上にのせてくれる。おやつみたいで食パンによく合っておいしかった。当時の給食にはバターロールや御飯は出なかった。いつも食パンだった。食パンがあっておかずが焼きそばという日もあって、子供ながら変な組み合わせだなと思ったことがある。豚汁や鯨の竜田揚げなどは案外抵抗なくパンと和風おかずとして食べられた。しかし、何といっても一番わくわくしたのがきなこパンの日だった。

給食の献立表というのが手渡されていたから前もってわかる。これは15センチくらいの長さのコッペパンみたいなパンを揚げて、きなこと砂糖をまぶしてある。外側の皮は、フランスパンほどではないけれどバターロールよりかためのいわゆるコッペパンのタイプで揚げてあってもあっさりしている。きなこもついているので、かさっと香ばしくて中はふんわりしていて、ほの温かいことが多かった。

中学・高校はお弁当だったから、小学校の時だけの給食の経験だけれど、きなこパンと東横食品の食パンのおかげで私の給食の印象は悪くない。

じゃこ天と目玉焼き（四国の旅）

何年か前の年の暮れに、宇和島生まれの知人からじゃこ天をいただいた。じゃこ天は、はらんぼという魚のすり身を揚げたもので、見たところさつま揚げに似ている。東京でも宇和島のじゃこ天は買えるので食べてみたことはあったが、この時送ってもらった井上蒲鉾店のじゃこ天は風味が違った。びっくりするくらい切れのよい味で病みつきになった。じわっとあぶってもいいし、さっとゆでてもいい。このじゃこ天の熱あつに目玉焼きを添えて食べるとまたものすごくおいしい。半熟の卵の黄身をトロッとソースのようにじゃこ天にからめて口へ運ぶ。御飯にもパンにもよく合う。赤ワインとも不思議に合って、双方進んでしまう。

2年前の12月上旬にそれまで一度も行ったことのない四国を車で廻る旅をした。往復は飛行機にして、高知で車を借りて宇和島、大洲、琴平、丸亀などを走って高松へ。

高知の日曜市は、大きな楠とシュロやソテツの並木道沿いに開かれていた。12月に入ったというのに南国らしい光と風が通って、雰囲気が本州の方とまったく異なっている。土佐文旦《ぶんたん》やレモン、柚子、カボス、その苗木や柑橘類の酢、絞り汁、いろいろな珍しい色のさつまいも、椎の実、黒砂糖やいもを使った団子、蒸しまんじゅう、蒸しパンなど他では見られない食べものがたくさん見られる。

珈琲の屋台も面白かった。中近東風の道具でいれるコーヒーで豆やココアなども売っていた。路上でゆっくりコーヒーをいれる様子が何ともエキゾチックでいい。楠の大木がこれほど似合う市場があることをその時初めて知った。

宇和島はじゃこ天の店があるので、泊まってみようということになった。宇和島城のあたりからずっと散歩してみた。宇和島城は石畳が整然とした並べ方で美しかった。街の方へ出ると何軒もじゃこ天の店があって、中をのぞくと作業の様子も見ることができる。井上蒲鉾店はどちらかというとひっそりやっている感じの店だった。東京へ戻った頃届くように宅急便を依頼した。

お昼は街を歩いていてカンで決めた。ほづみ亭という店でいろいろな定食がある。私たちは鰯丼とじゃこ天にしたが、生きのいい鰯を蒲焼きにして御飯の上にのせ、もみ海苔、青じそ、紅生姜を添えてある丼は味に勢いがあっておいしい。じゃこ天とじゃこ天とじらす干し、削って乾かした貝の吸物もいい味で、ガイドブックの助けなしにこんなおいしいお昼を食べることができてよけいにうれしかった。

宇和島から八幡浜へは遠廻りして海岸線を走って行った。宇和町近くは、甘夏柑やレモン、蜜柑などの柑橘類が段々畑のように右側に、ブルーの穏やかな宇和海が左側に広がっている。南仏のニースからマントンへ向う断崖道路からの風景にちょっと似ている。浜辺には黒い網の上にしらす干しを広げて乾かしていて、それも絵のように美しい。ただ、宇和町から明浜町と通って八幡浜までの海沿いの道は結構時間がかかる。

途中、大洲の古い街並が自然でよかった。しかも名物のしぐれ餅が気に入ってしまった。葛もちと蒸し羊かんの間くらいの風味であっさりしている。次に四国に来る機会があったら、このしぐれ餅を買うために大洲に寄りたくなるくらい、好きな和菓子の1つになった。

猪熊弦一郎美術館は丸亀駅前にN.Y.のMOMA（近代美術館）があるような感じでびっくりする。正面の白いタイルのような壁一面に黒い線で馬やヘリコプターが描かれている。大きな大きな壁画の前に立つと自由でのびやかでいい。美術館の中で見る絵と違って、外の光と空気によって白のニュアンスも違って見える。グレーのコンクリート、黒いドア階段などの建築もモダンなデザインで印象的。中に入ると自然な木の床で外光の採り方もきれいだ。

白い縦のブラインドの向うには濃いグレーの大きな日本家屋の屋根瓦が一面に見えるし、図書室の木のテーブルと木の椅子、手元を見易くする照明も落ち着いた美しさを感じる。図書室に並んだ美術書のコレクションも立派なもので、緑の表紙にMATISSEの文字の本、PICASSOの墨の濃淡の絵が背に扱われた本、モノクロームの写真や黒白ストライプの背表紙の本など本自体のデザインも魅力的に目に映る。

以前、編集者のSさんに猪熊弦一郎氏の『画家のおもちゃ箱』という素敵な本をいただいて、新宿の三越での展示でも見ることができたが、彼のオブジェのコレクションには言葉も出てこなくなるくらいの芸術が何気なくふとある。時に額に入った絵より強く私たちの心を動かす感覚が伝わってくる。

この美術館の向かいにうちわの店がある。丸亀はうちわでも有名な街だそうで様々な柄、色のうちわが並んでいる。なかでも渋い木の柄に自然な日本の白一色の無地のうちわ、柿渋のような茶色の無地のうちわにとても魅かれた。しばらく迷って買わずに帰って来たのだけれど、このうちわと猪熊弦一郎美術館のためにきっともう一度丸亀を訪ねることになりそうだ。

旅先で迷って迷ってやめた時には、よくこういうことがある。だから値段が懐《ふところ》の許す範囲なら買って帰った方がいい場合もあるのだ。

四国を後にする前には柚子などの柑橘類もぜひ買っておきたい。四国のものは香りが新鮮で酸味も柔らかく透き通るようなみずみずしい果肉で何とでもよく合う。東京で買う柚子やすだち、橙《だいだい》などとは別の果実なのかとさえ思うくらい風味が違うように感じる。旅をしてこういう味と新しく出会って驚くのはやはりとても楽しい。

四国、丸亀の猪熊弦一郎美術館の壁画。

蒸し器の熱あつ料理

蒸す料理を作る時は、それまで中国製の竹の大きいセイロと中華鍋を使っていた。円形なので中にあまり物が入れられない。竹を編んだ上ぶたが厚くて重いので、使った後乾かすのに時間がかかる。蒸したものを冷凍しておいて1〜2人分蒸し直す時は、同じ形の小さいセイロを直径の合う片手鍋の上に重ねて使っていたが、時々竹の部分を炎で少し焦がしてしまう。

ある時、デパートのキッチン用品売場で大きな四角い日本の蒸し器を見かけた。昔、母が使っていたのと同じ、あの懐しい角のとれた四角い形で、中に穴のあいた持ち手付きの段が重なっている。ふたを開けてみると中がゆったりと広い。買って帰ってきて、早速この蒸し器であれこれ蒸してみた。

たとえばとうもろこし。皮をむいて1本そのまま入る。4本くらい重ねずに並べられる。冬においしい野菜を取り合わせてかたい順に入れて蒸す料理もたっぷり熱あつに仕上げられるのがうれしい。温め直しの時も水の量を加減すれば大きな蒸し器でも気軽に蒸せる。後片付けも実に楽でいい。

花巻きという中に何も具の入っていない中国の蒸しパンも1回に数多く蒸せるので便利だ。

花巻きはぬるま湯に砂糖、強力粉、薄力粉、ドライイースト、塩、ラード少々を加え、よくこねて生地を作る。この生地を発酵させてから油を表面にはけで塗り、棒状にくるくる巻き、切り分けて中央を丸い棒で押しつけて左右を開く。再び発酵させてから強火で蒸す。肉まんじゅうの皮の生地もそうだが、普通は強力粉より薄力粉を多く配合して作るし、イースト以外にベーキングパウダーも加えてふかふかにふくらませる。

私は強力粉が多めでイーストだけのプワッとつっぱったような弾力も気に入っている。これはいろいろなおかずによく合う。茄子と挽き肉の四川風や豚肉と春雨炒め、叉焼《チャーシュー》、中国風サラダなどといっしょに出して具やソースをぬぐって食べるとおいしい。

簡単に温め直せるから、朝食にバターとはちみつかメープルシロップをつけて食べるのも気に入っている。黒砂糖と卵、牛乳、薄力粉、ベーキングパウダー、重曹《じゅうそう》を合わせた生地に、さつまいもの角切りを混ぜて小さなカップで蒸し上げた蒸しパンも朝食向き。

石巻に遊びに行った時、妹がおやつに作ってくれたがんづきは素朴ないい風味。卵と煮溶かした黒砂糖と牛乳、りんご酢にふるった粉と重曹を混ぜ合わせる。上に山クルミと黒ゴマをちらして強火でふっくら蒸し上げる。重曹のくせがりんご酢で柔らかに消えて、黒砂糖のコクがきいている。山クルミと黒ゴマは単なる飾りと思ったらいけない。上にのってはじめてこの蒸しパン風のがんづきに香ばしいアクセントがつく。がんづきはこのあたりの伝統的なお菓子で、家々で作り方も仕上がりもちょっとずつ違う。黒砂糖をたくさん入れたり、あっさり白っぽく仕上げたり、ふわっとカステラ風のものやねっとりと葛もち風のものもあるらしい。自慢のがんづきを手に持ってお茶に集まるというのはなかなか趣《おもむ》きがある。

台所の道具は、使いやすくて後片付けや手入れが簡単だとしょっ中活躍するようになると思う。たっぷり蒸せて蒸したての温かい湯気も御馳走になる。栄養価の点でも推奨できる。やはり昔から使われている道具というのは、日本人の食生活のスタイルに合っているんじゃないだろうか。電子レンジが苦手な私だからそう感じるのかもしれないけれど……。

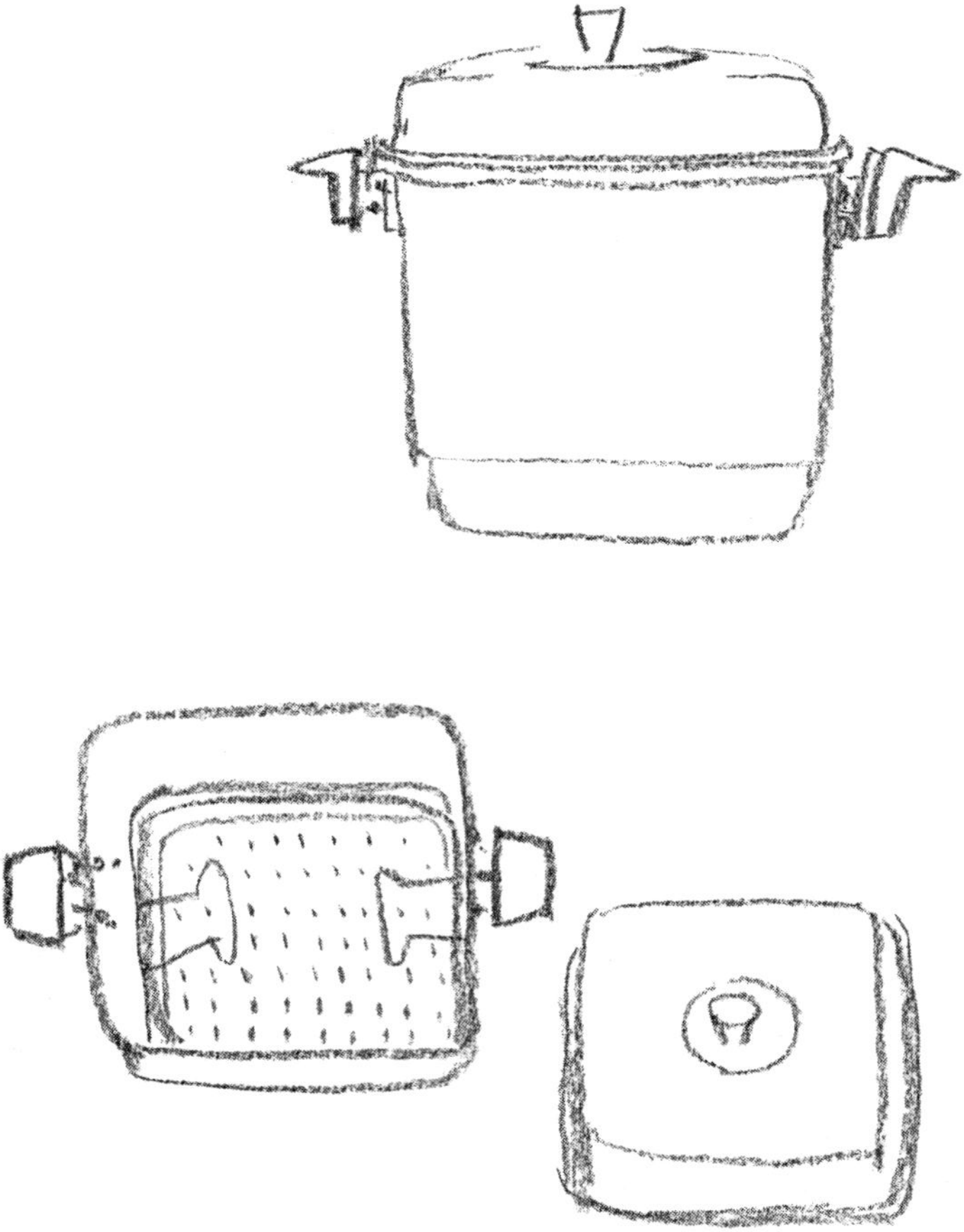

自転車の話

自転車の雑誌を買ってみると、自転車のカタログやロードレースの記事、新しい部品やウエアの情報と隅から隅まで飽きずに食い入るように読んでいる自分に気づく。自転車のデザインには特に興味があって、各メーカーの色の特徴や使うロゴの字体をつい覚えて、街でふとすれ違った自転車のメーカーをチェックしてしまう。

ロードレース用の自転車は街でも見るけれど、やっぱり実際のロードレースを見てみたくなって、10月末に宇都宮のジャパンカップ観戦に出かけた。ヨーロッパの選手が35人、日本の選手が40人参加するハードなコースで、一周14・1㎞の周回コースだから、20分ほど待っていると次が見られる。私達が坂の途中で見ていた時、先頭に抜け出ていたのは3人で、あとは40人以上が一団となってものすごいスピードで通過した。

何より驚いたのは一糸みだれぬ回転音とペダリングの足の動きだった。路面に吸いつくような音が、集団でも静かで鋭くてきれいなのだ。カーヴも見事だった。12～13台がコーナーに入ると、同じように足がすーっと伸びて揃う。各自転車とソックス、シューズの色がまたカラフルで、ぱきっとした明るい色の組み合わせが美しい。スピーディーな展開でも選手の視線はあちこちに走り、かなり余裕があるように感じた。

沿道にどんな人が観戦しているかチェックしているんじゃないかという選手もいたし、何やら隣を走る人とおしゃべりしている選手も多かった。スピードの中の緊張感と駆け引きの余裕が妙にドラマティックで面白い。

もちろんソックスやシューズだけでなく、ヘルメットやジャージのデザインも、ヨーロッパのチームのは澄んだ強い色が粋に決まっていた。

フランスの宝くじ会社のチーム、ラ・フランセーズ・デ・ジューはウエアが白とグレイッシュな水色で自転車はタイヤが水色、フレームが白とブルーのジターヌ。

イタリアのチーム・ポルティは赤と黄のジャージに、黄色のきれいなファウスト・コッピのKT2（詳しくいろいろ知っているわけではないが、自転車のデザインでは、好きなうちの一つ）。

日本のブリジストン・アンカーのジャージは、上下、赤に黒と白が少し入ったデザインでヘルメットと手袋が赤の選手がいた。自転車のフレームが赤と白、フロントフォークが濃いブルーで全体で見るときれいだった。

実は、当日あわてて持って出たカメラは、普通のコンタックスで望遠の機能もないし、自転車の速さにもついていけないタイプだった。それでも集団の走行を撮った写真に、それぞれのチームのコルナゴやカレラ、ヴィチュー、エム・ビー・ケーがちゃんと写っている。

写真をルーペで確認しながら、参加チームとメンバーが印刷された紙やプログラムと照合しながら、それぞれのチームが使用している自転車、ユニフォームなどを調べることができた。

まだ家には自転車が1台もない。ママチャリですらない。買い物は歩いて行くから、自転車は乗るためだけに欲しい気がしている。ただ、私が好きで憧れる自転車と、メンテナンスも含めて乗ることができる自転車が違うようで、買えないでいる。まだ相変わらず街の自転車を目で追っている。

パーキング中の自転車にももちろん視線が吸い寄せられてしまう。青山通りには結構いい自転車が、歩道のガードレールに立てかけるようにパークしてある。マウンテンバイクが多いけれど、ロードレーサーも見かける。

黒のフレームにグレーの字のトレック。シックな濃いブルーに目立つ斜体の文字のスペシャライズド。ここの黄色もとてもきれいに目に映る。フレームが独特なミント色に、ブルーの字のビアンキは一番見分けやすい。ビアンキでは明治屋（広尾）近くで見た落ち着いた茶に、シャンパン色の字のモデルのがよかった。

自転車は、だいたいいつも同じ所に停めてあるから散歩していても、つい、〝あるかな今日も〟と探してしまう。よく見るせいか、気になるデザインの自転車は、持ち主はまったくわからない知り合いのように思える。

家の近くの遊歩道脇に、フレームが赤で、アシストバーが銀のシンプルな自転車がいつも停まっている。というより、白いガードレールに立てかけるように斜めにつながれている。ダウンチューブにもメーカー名が入っていなくて、どこのかわからないけれど、ヨーロッパによくある何ともいえない、いい赤が魅力的で、好きな自転車というとこれを二番目に思い浮かべる。

自転車は雑誌の写真で見た時と、実際、街でパークしてあったり動いていたりするのを見た時と印象が違う。ぱきっとはっきりした色で派手なタイプ、セクシーさがあるデザイン、グラマラスなフォルムなんかも素敵に見えてくる。

ただ端正というのではなくて、風の中を走るカッコつけた感じもいい。普段だったら絶対に避けて通る色の組み合わせだって、スピードの中で見る自転車なら、私の目が追い続けたくなる。

母から聞いた昔のおやつ

秋田の母が子供の頃、おやつに食べたというはんごろし。話を聞いてあまりにおいしそうでぜひ食べてみたくなり、母に思い出してこしらえてもらった。

米はもち米とうるち米を半々にして炊いて、釜の中ですりこぎでついてつぶす。直径5～6㎝の小さめのだんごに丸めておく。小豆は一晩水に漬けて、柔らかくなるまで煮る。ざるに上げて水気を切り、すりこぎで半分つぶし、塩味をつける。この甘くない小豆あんで先のだんごを包むようにしておはぎのようにまとめる。茶ざらめと水を小鍋に入れて火にかけ、泡が立ってアメ状に濃度がつくまで煮る。この温かい蜜《みつ》を小豆だんごに好みの量かけて食べる。

小豆あんは半分つぶれているので、グレイッシュな小豆色であっさりしている。糖蜜状になった茶ざらめの蜜をかけると透明に光って美しい。おはぎやぼたもちとはまた違って私にとっては何だか新しい小豆のデザートのように感じる。

母の話を聞くまでは、こういうおやつの写真や作り方を見たことも聞いたこともなかった。農繁期の忙しい時に作られたものだそうで、なるほどすごく合理的で無駄のない作り方だ。小豆あんを煮るのはかなり手間も時間もかかる作業だが、このように塩味だけで半分つぶした小豆あんに蜜を組み合わせるアイディアは斬新で面白い。味から言ってもほのかな塩味に小豆の豆の風味が生きているし、温かい茶ざらめの蜜はほんの少しシャリッとかたまりかけてもおいしい。

もう1つ素敵なデザートの話を聞いた。こちらは、まだ試してみたことがない。秋の山ぶどうをたくさん採ってきて砂糖と煮る。トロッと煮詰めたコンポートのようなものを陶の瓶《かめ》に保存食として貯えてあったそうだ。晩秋からは細かく刻んだ生のりんごとナツメを混ぜ合わせてこの山ぶどうのコンポートを柄杓ですくってかけておやつに食べたと言う。秋の果物の組み合わせ方がなかなか洒落ている。朝食の時にもこれならきっと合いそう。ブルーベリーやプルーンのコンポートでもいい。生の果物はりんごの他、洋梨やバナナ、柿から選び、砕いたクルミやきつね色に炒ったアーモンドの薄切りと合わせてもおいしいと思う。

秋田では10月後半に山ぶどうやナツメが市場に出る。いつも手に入るというわけではなくて山へ入る人が収穫してきた時に買える。大きな箱に葉とともに入れられた山ぶどうを目にすると、東京では見られないだけについ買ってしまう。私は山ぶどうでジャムを煮てみたけれど、酸味の強い、香り高いジャムが出来た。1粒が小さいので実を柄からはずすのが一仕事になる。ペクチンが強いのかしっかりかたまるので、煮詰め加減に気をつけること。プレーンヨーグルトに山ぶどうのジャムも相性がよくてさわやかな味になる。

盛岡のパンケーキ用フライパン

最近、パンケーキ専用のフライパンを盛岡の釜定で買い求めた。それまでパンケーキは、アメリカに住んでいる頃買った厚手の鋳物のスキレットで焼いていた。テフロンのフライパンは便利だと思うし、実家で小さな姪たちとパンケーキを焼いているとなかなかきれいなきつね色に仕上がって楽な気もする。テフロンのグレイッシュなこげ茶はいいのだけれど、外側の色や形のすっきりしたフライパンが探せなかったことと、鉄の道具に妙に魅かれるところがあって、今のところ我が家にはテフロンのものは無い。

鉄のものはこのスキレットの大小と、普通のフライパン以外に鋳物の黒い鍋がいくつかとすき焼き鍋などガスレンジの下や向かいの戸棚に重ねてある。

パンケーキパンは、以前から気になってはいたが、すでに持っているスキレットを思って迷っていた。仕事で盛岡を訪ねて釜定でお話を伺っている間に、ついに買うことに決めた。

直径21センチの黒いパンケーキパンは、縁が2センチくらい高くなったタイプと縁が低くて外側に付き出したヘリがあるタイプの2種類。今まで外国で見たいろいろなフライパンとは違う形をしている。

強いて言えば北欧のシンプルでモダンなフォルムに似ているが、やはり日本のパンケーキパンの形だと感じる何かがしっかりある。おっとりとして力強い存在感があって、宮沢賢治のお話に出てくるとしたらこのパンケーキパンが一番似合うような気がする。見るからにおいしそうなパンケーキパンなのだ。

我が家ではバターミルクパンケーキをよく焼く。バターミルクは昔はバターを作った後に残った脱脂乳を使ったそうだが、今は科学的に製造されている。パンやケーキをふくらませるベーキングパウダーやベーキングソーダは食べた時にいがらっぽさを残す独特のクセがある。バターミルクを加えて作ると、これが緩和されてしっくりした風味になる。ただ、日本では手に入らないのでバターミルクの代わりに牛乳とプレーンヨーグルトを合わせて用いている。

配合は以前とは少し変えてみた。牛乳とプレーンヨーグルトは2対1くらいの割合にして軽めにふっくらとさせる。粉類は前の晩に計量して合わせておくと、朝、かなり楽に作れる。何でもないことのようだけれど案外大きい。

パンケーキの種を作ってしまって一晩置く方法もあるがやはり朝、混ぜ合わせた方が、ふくらみがいい。卵や牛乳、プレーンヨーグルト、溶かしバターを泡立て器で混ぜ合わせて、ここにふるった粉類を加えてさっくり混ぜる。

パンケーキパンは中火でよく熱してから使う。厚手の鉄のパンは全体が熱くなるまでに、普通のフライパンより時間がかかる。せっかちにならないで十分に熱くしてから焼き始めるのが、コツだと思う。

熱し過ぎたらぬらした台布巾の上にパンを置いて、少し冷ませばいい。パンケーキは弱火で長く焼くとなめらかなきつね色にはなるけれど、風味はやや強めの火加減で短時間に焼いた方がずっとおいしい。フワッとふくらむ力と風味に勢いがつく。

最初の1枚目は失敗してもいい。この1枚目で焼き加減をつかむ。パンケーキの種をお玉に軽く1杯すくってパンケーキパンの中央に円形に流す。流した瞬間に、ジュワッと音がして広がるくらいがいい、ジュッとはねてしまうようなら熱し過ぎ。しばらくすると表面にプツプツと気泡が現れるが、すぐにつぶれて種の中にまたなじんでしまう。

もう少したつとプツッと1つ穴があいたまま残る。これが3〜4個になったあたりでひっくり返す。ここで、いいきつね色になっているように火加減を調節する。ひっくり返すと、目で見えるくらいフワッと種が持ち上がる。ふくらむ。裏は表より短い時間で焼ける。

中央まで種が生の部分がなくなるように焼くが、焼き過ぎてもおいしくない。焼き上がったパンケーキは厚手のキッチンクロスの中に積み重ねて包み、保温しておく。次々に焼き上げたパンケーキをのせていくので、温かいまま、テーブルへ持って行ける。

焼きたてが一番だから食べる人はテーブルで待っているくらいがいいかもしれない。盛岡の鉄のパンケーキパンで焼いたバターミルクパンケーキはやっぱり絶品だった。ガスの火が鉄に伝わって力強くパンケーキ種を持ち上げる。表面が一瞬のうちにきつね色にわっと焼けて香ばしさが際立つ。

同じ配合と作り方でもパンケーキの風味にはかなり違いが出てくる。パンケーキを焼くフライパンやパンケーキパン、火加減、ひっくり返すタイミング——材料の卵や粉にこだわった場合より、もっと差が感じられるような気がする。簡単な粉の料理ほど奥が深い。

ちょっと贅沢な買物かなとも思ったけれど、実際にパンケーキを焼いて食べたら、改めて鉄の道具の魅力の虜《とりこ》になっていた。パンケーキを焼くのがこんなに楽しみになるとは、想像しなかった。

焼いた後は洗って水気を拭きとって極く弱火にかける。完全に乾いたらサラダ油を塗って、紙で余分を拭きとる。すごく温かい黒の色になる。

〈バターミルクパンケーキの材料〉
卵　2個
プレーンヨーグルト　125 cc
牛乳　250 cc
砂糖　大さじ1
無塩バター　大さじ3
薄力粉　190 g
ベーキングパウダー　小さじ1½
ベーキングソーダ　小さじ½
塩　1つまみ
（3～4人分）

朝、聞きたい音楽は?

15、16歳の頃から私の好きな音楽のジャンルはあまり変化していない。高校、大学時代ずっと聞き続けたのはFENの〝アメリカンTOP40〟だった。大学の専攻はフランス語だが、シャンソンもフランス映画もフランス文学も正直なところ興味がなかった。ただ、料理の部分だけで必要と感じて外国語学部を選択した。フランス文学の方を選んでいたらきっと卒業できなかったと思う。

中学時代はモンキーズ、高校時代はビートポップスなどのテレビ番組がオン・エアされていた。ビートルズ世代よりちょっと後にあたる。大学に入ってからはLPレコードなどでさらにいろいろロックを聞いてみた。ソウルやカントリーは苦手でロックの中でもブルース調のものは避けて聞くようになった。

レコードを一番買ったのは大学卒業後で、ヴァン・ヘイレンやチープトリック、カーズ、エアロスミス、フォリナー、デフ・レパード、ポリス、エイジアあたりの頃。

1984年から1987年までアメリカに住んでいた。アパートメントでは、四六時中MTVをつけていた気がする。MTVがもっとも面白かったのは、この頃だったろうか。

思い返してみると、中学、高校とロックのLPの歌詞カード片手に英語を発音してみていた。くせのある発音もそのままに真似して練習した。歌は下手だったが同じように発音できると得意で空で暗記したナンバーも結構ある。最近1970年代の曲がラジオでかかって、何気なく歌詞が口をついて出て我ながらびっくりした。

ロックのお陰で英語が好きになったようなところがある。英語の響きがフランス語の響きより、性分に合う。耳で聞いて近い発音を試してくり返す。そんなプロセスが嫌いじゃなかった。外国語学部に入学したこともロックにつながっていたのかもしれない。

アメリカに住んでいる頃はもちろんだけれど、映画は全部英語で聞いていた。『ビバリーヒルズコップ』も『ターミネーター』も英語で入ってきたわけである。アメリカに住み始めて半年くらいまでは、英語で聞いてクリアーに判別しようと思っても聞きとれなくて霧がかかったような感じだった。次第に一字一句日本語でわかろうという気持ちが消えて、何だか大ざっぱだけれど全部そのまま英語で入ってきてこんな感じなんだなとつかめるようになった。

3年間いて終わりの頃には、それがかなり上手になった。聞く方ばかりでなく話す方も思ったことがすっと口に出るようになったのに、帰国してから10年、毎日使っているわけではないから英語もフランス語も遠のいた。語彙《ごい》も乏しくなって、辞書がないと話すのにも四苦八苦する。それなのに、アメリカ映画をテレビで見ると、英語で聞いた方がニュアンスがよく伝わってくる。ヒアリングの能力だけは少しは残っているものなんだと不思議に感じる。

フランス語だってそうだ。大学時代の4年間は集中的に学んだけれどそれから20年以上自慢じゃないがまったく勉強していない。初歩的な文法や動詞の活用形さえ忘れてしまっているが、ヒアリングはなぜかましなのだ。ところどころ単語を辞書でひかないと不明の部分はあってもなんとなく理解できる。聞いていて英語の感じ方、わかり方、フランス語の感じ方、わかり方をまとまりとして使い分けるような作業が思い出せる。近所の犬のように言葉にチューニングを合わせて、耳をピンと立てるような感じで。

朝、聞きたい音楽はと聞かれて頭に浮かぶのは、静かな趣味のよいモダンジャズやクラシックではなくてロックの曲。音楽の好みについて話題が移るといつも驚かれる。

でもロックを聞き続けて語学に目覚めたというような動機は私にとってよかったと思っている。

最近バグルスの『ラジオスターの悲劇』やヒットした頃のエイジアの曲をＣＤでよく聞いている。『ラジオスターの悲劇』の歌詞は英語のＲの巻き舌の練習にはすごく役に立つ。

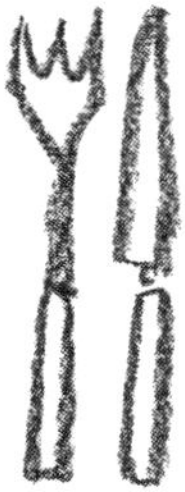

MONUMENT
TOBACCO
ABÉCÉDAIRE

朝食のための果物

朝食のためにパンとミルクティーの他にチーズを少しと季節の果物を選ぶ。皮がパリッと香ばしいシンプルなパンにフレッシュなバターを塗って、その上にややかための果物を切ってのせる食べ方が気に入っている。

パンはいつものシンプルな丸パンかバゲット、田舎パンがいい。バターは無塩のものを塗ってもおいしい。果物は甘味が強過ぎない、かための洋梨やカリッとするくらいの白桃、さわやかな酸味のあるプリンスメロンなど。皮をむいて食べる時に薄く切り分けてはバターつきパンにのせる。

日本では、果物というと甘くて大きいものが評価されるらしく、自然な控えめな甘さのもの、小さいものは比較的安い。パンにのせるメロンは絶対にマスクメロンなどを選んではいけない。デザートに食べる時とは違った規準で探す。白桃は8月初めに出回る種類で、白くぬけるような色で真紅の部分も中にあるもので、これだけは買ってしばらくカリッとしたまま食べられる。クリーム色がかかって透き通るような白桃の種類は甘くて果肉が柔らかい。

洋梨は香りや味の好みから言うと、朝食にはバートレット種が向いているように思う。コクのあるブリーチーズがあったら薄く切って、洋梨といっしょにパンにのせてもよく合う。プリンスメロンには果肉にレモンを少し絞りかけてもおいしい。無塩バターをたっぷりめに塗って先程のかたい白桃と砕いた黒胡椒というのもいい。これはアメリカで知った食べ方。

バナナは、朝摂《と》ると体にいいそうで1年を通してよく買っておく。そのまま輪切りにして、プレーンヨーグルトと食べたり、コーンフレークスにたっぷりの牛乳と甘味の代わりにバナナというのは定番の組み合わせ。ベーグルを切り分けてエメンタールチーズを薄くスライスしたものとバナナの輪切りを重ねて食べてもおいしい。トーストに甘くないピーナッツバターとバナナの輪切りというのもアメリカ風で年に2、3回食べたくなる。

りんごは出始めの頃の紅玉が一番好きで酸味とパシッとみずみずしい歯ごたえが懐かしくていい。アメリカでは、マッキントッシュというチビのりんごが、昔のりんごらしいりんごの味でよかった。甘さと大きさを競っているような種類が多くなる時期、買って帰って蜜入りだとがっかりする。蜜が入っているとがっかりする人は少ないだろうと思う。

りんごは生でくし切りにして出す他に、甘い時はレモン汁を少し加えて汁気がなくなるまで煮ておく。砂糖はほとんど加えなくても甘く煮上がるのでこれを冷蔵庫で冷やしておいて朝、プレーンヨーグルトに添える。シナモンをフワッとかけて混ぜて食べる。デザートの時はこれに6~7分立ての生クリーム（きび砂糖とラム酒を加えて柔らかめに泡立てたもの）ときつね色に炒ったアーモンドの薄切りを上からかける。

乾燥プルーンもシロップでコトコト煮てコンポートを作って冷蔵庫に入れておくと同様に食べることができる。朝食に食べるけれど、いつもプルーンのコンポートにはダークラム酒を加えて作ってしまう。

いちごやブルーベリーは、フレッシュなまま何もつけないでつまむ。ぶどうの中ではルビーオクヤマという種類が、さわやかな酸味とパリッとした皮の歯ごたえで気に入っている。いちじくは生のものも、カリフォルニア産の真黒に干し上がったものもチーズとよく合う。切り分けて、エメンタールチーズやグリエールチーズ、ブルサンのナチュラルプレーンタイプなどといっしょに出す。

自家製のカッテージチーズは一度試すとくせのないフレッシュなコクが病みつきに

なる。週末のブランチに自家製カッテージチーズといちじく、庭で摘んだワイルドストロベリーやラズベリーを添えるとちょっとした御馳走になる。

ブルーベリーやりんご、バナナは甘さを控えた、ベーキングパウダーでふくらませるタイプのモーニングブレッドにもよく使う。生地は配合のいいものを1種類覚えておいて、いろいろな果物に合わせて作り方を工夫する。

ブルーベリーは粉をまぶして沈まないように混ぜ合わせて焼く。バナナはフォークの背でつぶして、レモン汁少量とスパイスを加えて、生地全体に混ぜる。りんごは細かく刻んでレーズンやクルミ、シナモン、ナツメグなどと生地に混ぜ合わせるか、くし切りにして放射状に並べ上にシナモンと中双糖《ちゅうざらとう》をふって焼く。ティータイムのケーキよりあっさりした甘さで朝食に合う風味に仕上げる。

柿はあまり甘くなくてかためのものを薄切りにしてグリーンの葉っぱやカブのサラダに少量混ぜるといい。柿のビタミンはちょっと見逃せない。なめらかなクリーム状の衣で和えた胡麻和えも好きで、朝作る時は瓶詰めの胡麻ペーストを使う。

小石原の飯碗（九州の旅）

小ぶりでやや薄手の飯碗《めしわん》を盛岡の光原社で買い求めた。キャラメルソースのようなアメ色で側面に波のような線が1本ゆるく入っている。九州の小石原《こいしばら》焼きの陶器で2つだけ並んでいたのでそれを買って帰った。

油揚げと近江生姜をさっと炒めて日本酒を多めしょう油をほんの少しで炒り煮しておいて、炊き上げた御飯に混ぜる油揚げ御飯などが、とてもよく合っておいしそうに見える。持った感じもなかなかいい。案外気に入った飯碗には出会えないものでずっと探していてやっと……という飯碗だった。

東北地方で九州の陶器を買うのも不思議と思う人もいるかもしれない。でも光原社の陶器を選ぶ人の眼が好きなのか、なぜかここに来るといつもちょうど欲しいと思っていた温かな器に出会える。

実は福岡に住む妹の家へ昨年の秋、遊びに行った。車を借りて秋月の方へドライブした時、小石原の方へも足を延ばしてみた。陶器の窯は何軒もあって、特に調べていなかったので車を停めては一軒また一軒と覗いてみた。同じ小石原焼きでも、モダンなアート作品のような陶器から少し冷めた感じの釉薬の強いものまで、窯によって作風も違う。私はいつのまにか光原社で見たような陶器を探していた。色の具合、釉薬のかかり具合、厚みなど頭にはしっかり描けるのに、実際の器を手に取ると少しずつ違う。少しずつなのに追い求めている器とは遠いようで狐につままれたような気がしてきた。

光原社の陶器はそれを選ぶ人の眼を通ったもので、作者の名前も窯の名前もなくて小石原焼きと記してあった。きっと陶器の棚に並ぶまでには、大変な苦心があったのだろうと思う。

後継者が少なくなったり、材料が手に入りにくくなったりで沢山は作ることができない日本の地方の民芸品。何とか少しずつでもと作り手に注文して、じっくり待って店にという積み重ねを、何も知らずに客が気に入って大事にかかえて帰る。もっとゆっくり小石原や小鹿田《おんた》を廻ってみるのもいいかもしれないけれど、ふと東北の光原社で九州の陶器に出会ったら迷わずに買ってもいいと、今は納得している。

少し話を戻してみる。秋月はひっそりした昔の街並、畑、林が残っていて、歩いていると懐かしい時に戻ったような気分になる。茶店で出されたお茶が入っていた茶碗は、小ぶりで薄手でいい形だった。こげ茶に辛子色やグレーが少し流れたような色で、これも小石原で探してみたが見つからなかった。ちょっと前にまとめて店用に注文したものなのかもしれない。こんな茶碗があたりまえにいっぱい並んでいたら、うれしかったなとも思った。

秋月へ出かけたのは、雑誌に載っていた葛もちの写真がとてもおいしそうに見えて葛もちを食べたかったから。葛もちは葛粉だけでかためた極く柔らかな口あたりのものので、関東のものとは違う。実は葛もちは大好物でしょっ中買って食べているせいか、慣れ親しんだいつもの味がいい。小麦粉や片栗粉などと合わせて、発酵させた生地を蒸して作る葛もちは何ともいえないかすかな酸味と弾力のある歯ざわりがこたえられない。秋月の葛もちはもっと洗練された頼りなさでこれも贅沢な風味。

その他に葛切りと白玉だんごを冷たいぜんざいに入れたものが、とびきりおいしかった。葛切りは出来立てのツルッとした歯ごたえがよくて、平たくて不定形に近いひも状に切ってあった。作り置きすると白濁して歯ごたえも悪くなるので、手間の要るおやつだけれど、葛切りと小豆の粒がさらっとからんで味わい深い。

ここの本葛粉の袋は白地に墨の文字のすっきりしたデザインできれいだった。

秋月から大分自動車道を経由して日田《ひた》にも寄った。日田玖珠《くす》地域産業振興センターで1本1本手作りの白木のバターナイフを見つけた。たぶん柘植《つげ》の木を削ったものだと思うが、しなやかなカーブが繊細でたいそう美しいし、使い勝手もいい。バターを塗る部分の幅のあるもの、細めのもの、柄の短いもの、長いものなど1本を選ぶのが楽しい。

4~5年前にデパートの大分物産展で、柘植のサラダサーバーを買った。これが油が浸みにくくて洗った後乾きやすく、とても重宝しているので買い足したいとずっと探していた。このバターナイフはそっくりの印象なのだけれど、サラダサーバーは見あたらなかった。とにかく扱いやすくておすすめの九州木製品の一つだと思う。

ガイドブックを持たないで旅をしていいものを見つけると、自分が本当にしたかった旅に気づく。

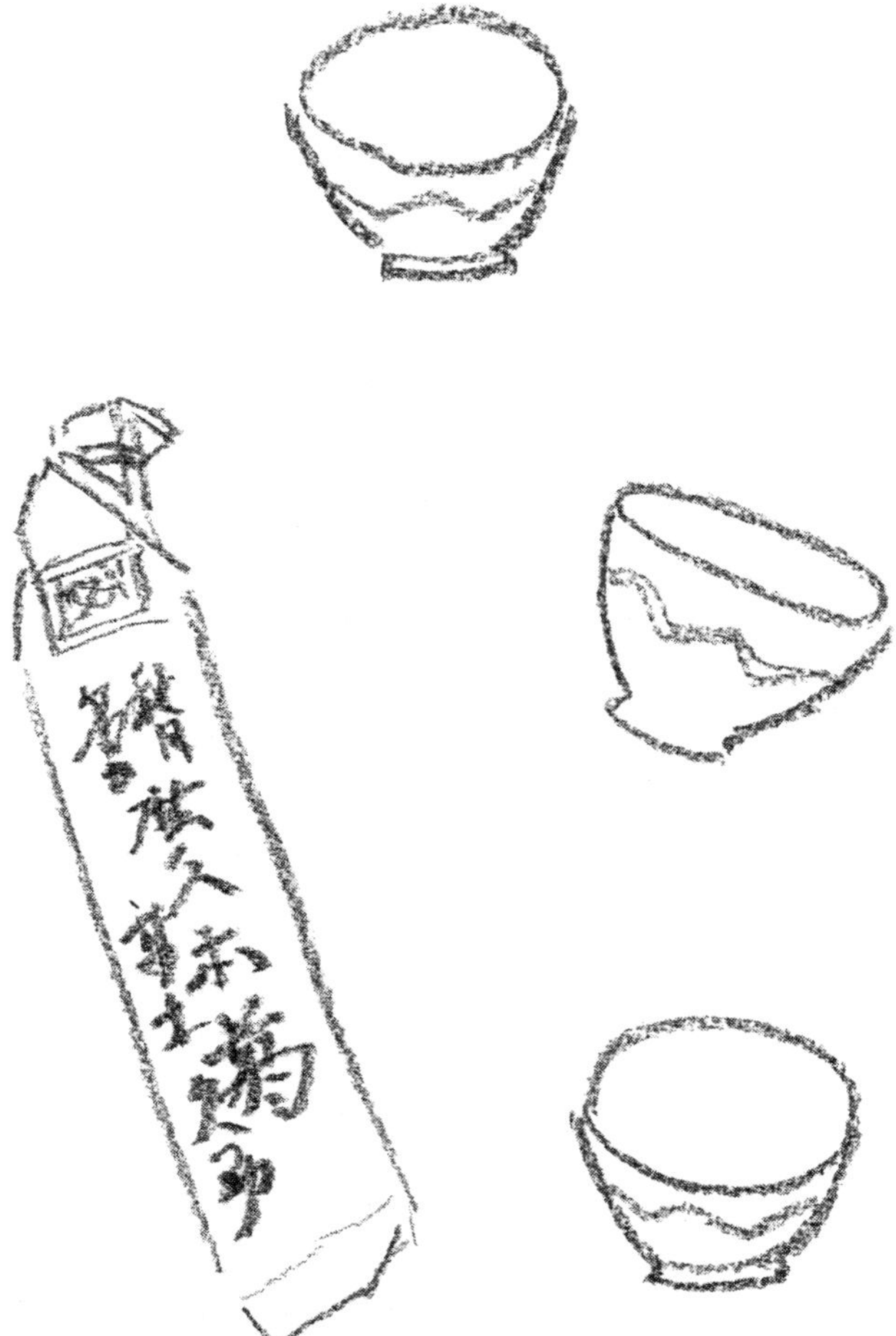

イタヤ細工の弁当箱とクルミの木の皮の手さげカゴ

秋田の角館《かくのだて》で車を駐車場に入れて街を歩いていたら、雨がどしゃ降りになって雨宿りを余儀なくされた。小さな日用品雑貨店をのぞいていたら、イタヤ細工の細長い弁当箱がほんの4〜5個並んでいた。

イタヤ細工はイタヤカエデの木を裂いて白木の薄い板状にしたものを編んだもので、角館の伝統工芸品として盛岡や秋田で見たことがある。ここで見た弁当箱は縦、横、高さが17センチ、10センチ、7センチでとても小ぶりなもの。縦横の編み目に隙間があって風通しよくできている。どこにでもありそうでない、手仕事のきりっとしてさり気ない雰囲気がいい。

葉などを敷いた上におにぎりを二つか三つ。あとはお漬物少しくらいしか入らないが、使いこむうちに自然ないいアメ色になって手放せなくなりそうだ。極くシンプルな形なのでナプキンを敷いてパンかごとしても使える。

おにぎりと言うと、朝早く4時か5時に出発しないと渋滞を抜けられない連休などに、高速道のパーキングの売店で時々食べる。昆布の佃煮と梅干しの具の2つのおにぎりと信州の野沢菜のパリッとした漬物の一包みに、タマゴロウという塩味のついたゆで卵を組み合わせる。一緒に交互に食べると、なかなかいける。

石巻の妹は、おにぎりが上手だ。しっかり握ってあるのにふわっと優しい味がする。おにぎりは家族が多くて炊いた御飯が余った時に、お母さんがふと握っておく。お腹がペコペコで帰って来た子供がほおばる。何だかおにぎりはうらやましい味なのだ。夏休み、冬休みに石巻や福岡の弟、妹の家族が集まると、姪や甥に混じって私も妹のおにぎりをほおばってうれしくなる。

秋田も米どころなので、主人が子供の頃、祖母が握ってくれたおにぎりは半端な大きさじゃなかったそうだ。子供の顔の半分くらいはあって中身は塩鮭。御飯のまわりにつける塩の加減が絶妙だったと言う。お米のおいしい宮城や秋田で、子供や孫のために何回も握っていると、おにぎりは特別の味になるのかもしれない。

イタヤ細工のものでは、盛岡で大きなつづらを買った。縦、横、高さが37センチ、25センチ、27センチとけっこう大きなサイズだけれどあまり重いものは入れられないので使い道は限られる。でも見ていると惚れ惚れしてしまうようなイタヤの木の質感と編み具合の瓢逸《ひょういつ》なふくらみがいい。こんな木の仕事のものがあって、日本で昔から作られていることにびっくりする。

外国のものを追いかけることはしても、日本にあるものに気づかないままということがある。今、私たちが暮らしている空間に合いにくいデザインだったりすると、遠い存在のまま通り過ぎてしまう。それでもこのつづらのように洋の東西を問わず、すっと入ってくるデザインのよさには抵抗ができない。このイタヤ細工のつづらは実家から譲り受けた木のテーブルの上に置いてある。我が家のリビングルームの一番目に入る位置で、秋から低く中まで入ってくる太陽の光を浴びている。

東北地方ではこのイタヤ細工の他にも、桜やクルミの木の皮を細く裂いて編んだカゴを見ることができる。しょいこの形のもの、農具の一種で箕《み》と呼ばれる平たいザルの形のもの（これは穀物の殻などをふり動かして除くのに使われる）、買いものカゴや手さげの形のものなど様々で材質によってだいぶ印象が違う。

先日、東京のデパートで東北の手仕事のものの展示を見に行って、クルミの木の皮の手さげカゴを買った。18㎝角で厚みが8㎝の極く小さいもので、縦横に編んだクルミの木の風合いに、何とも言えない魅力がある。細い針金の大きなカゴに小さい針金のカゴを重ねて額のようにした中にこのクルミの手さげカゴをたてかけてある。ただ、ずっと見ていたいと思った。毎日ふと見るたびにクルミの木に近くにいる気がしていい。

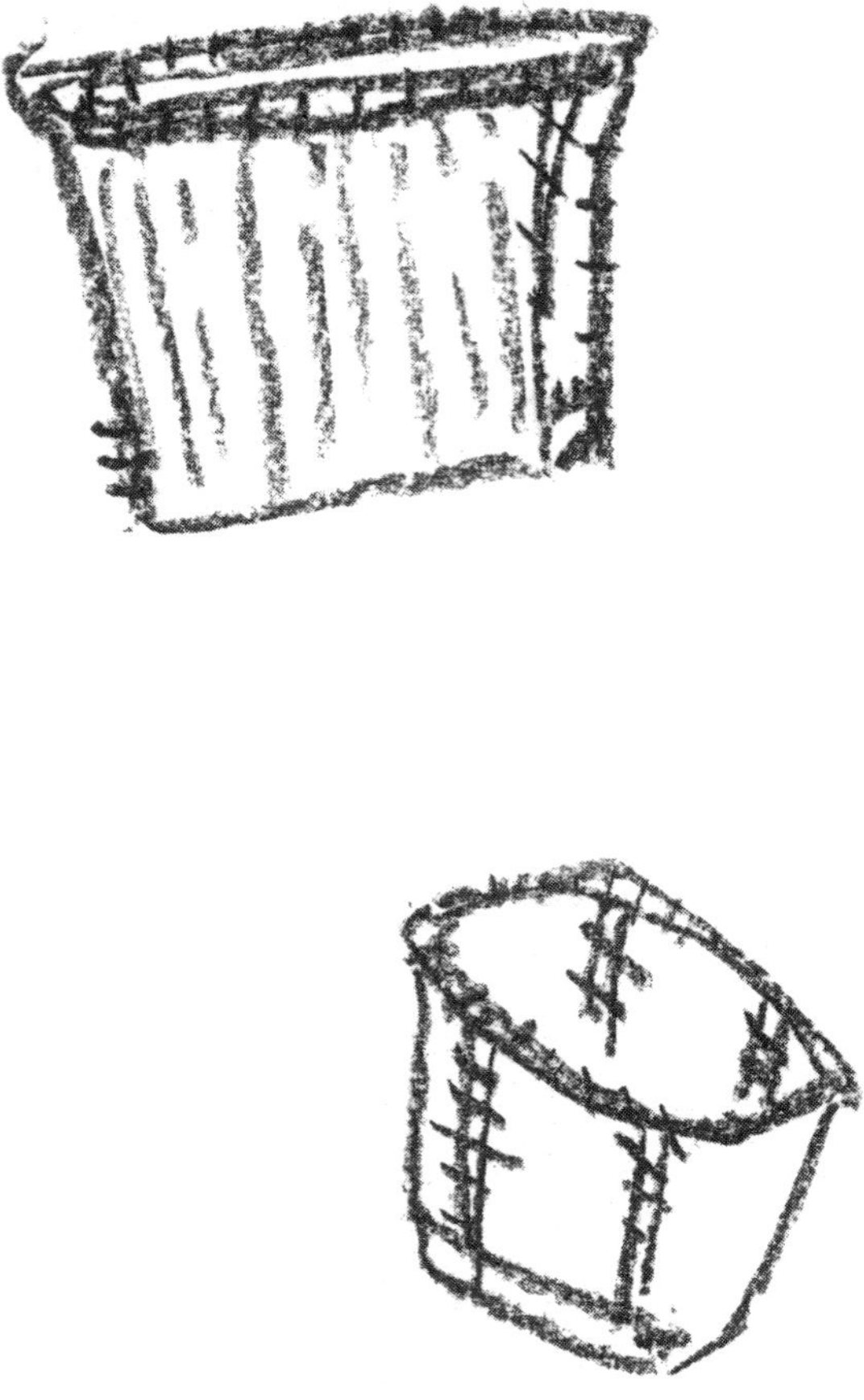

くぬぎの木の向かいのガレージ

我が家から歩いて4～5分の辺りに畑があって、その脇に大きなくぬぎの木が立っている。コブシの木、白梅の木もあって、どこかのどかな田園を思わせる一角で散歩の折には必ずここを通る。

見上げるとこのくぬぎの木はかなり高い木で、野鳥もよくやって来ている。10月頃、大雨や大風の日の後この細い道を通ると、まだ青いくぬぎの実がバラバラと落ちている。子供とよくどんぐり拾いをするが、帽子の部分の形が面白いからか、くぬぎの大きい実が特に人気がある。

ふと細い道をはさんで向かい側を見ると、半地下へ自然にスロープが作ってあってガレージになっていた。その家の玄関は階段を半階分くらい上がったところにある。コンクリートのガレージの床には、水はけ用の鋳物の柵が設けられている。その黒い柵の隙間にくぬぎの実がたくさんはまっていた。そろばんのように並んで見える。今まで何度も前を散歩していたのに気がつかなかった。1個1個取り除くのも大変そうだから、あのまま秋が進むにつれて、くぬぎの実が増えていくに違いない。いいなぁ、このガレージ。何だか魅《ひ》かれるデザインを見つけたような気がした。

この一角は他にも、季節ごとにわざわざ遠廻りしても見て行きたいものがある。早春の白梅、コブシも東京ではないかのようにのびのびと咲く。真黒な土の畑をバックに新緑の芽出しの頃もいい。春の桜の頃、くぬぎの木の斜め向かいあたりに大きく枝を広げた枝垂《しだ》れ桜を見るのも忘れてはいけない。枝のカーブが美しく、花びらのピンクがあでやかに目に映る。

真夏には、トマトやいんげんもかなり広い面積で育っている。晩秋には畑の反対側に垣根のように植わったお茶の白い花が丸くてかわいい。お茶のかたい実を引き戸の敷居に塗ると、すべりがよくなると祖母が教えてくれて、時々試してみていた。狛江の実家のそばにもお茶の垣根があったので懐かしい丸い花なのだ。

冬近くには一重の白い山茶花《さざんか》が咲く。この山茶花は花の形に気品があって冷たい空気の中できりっと美しい。一重の白の野バラによく似た花をつける。

こういう場所が家の近くにあると、15分か20分で旅をした後のような気持ちになる。

栗で作るシンプルなお菓子

秋になって栗が出回る頃、おいしそうな顔をしているものを見つけると必ず買ってしまう。まずは皮つきのままゆでて包丁で2つに切り、小さなスプーンですくって食べる。ちょっと粗塩をつけてほっくりゆで上がった栗ならではの風味を味わう。様々な産地のものを食べてみるが、味については大きい小さいはあまり関係ないようで、小さくても風味のいいものがあって、食べてみるまではわからないのも魅力なのかもしれない。きっと、1本1本の栗の木によってなっている実の味が違うのだろう。

栗は1パックが500gくらいで買ったらたいてい全部ゆでてしまう。ゆでた栗のうち2人で1／3量くらいをその時食べて、余った分をいつもお菓子に仕上げておく。余った分というよりこの栗のお菓子が楽しみでまとめてゆでる。

以前は、栗の皮をむいて牛乳で煮て裏ごしして生クリームや砂糖、バニラ、ラム酒などを加えた栗のクリームでモンブランを作った。ずい分手間のかかる作り方をしていた。他に、メレンゲかフィンガービスケット、カスタードクリームを作り、生クリームを6~7分立てに泡立てる。食べる時にフィンガービスケットの上にカスタードクリームをのせ、栗のクリームを細く絞り出すか、裏ごしを通してフワッとかけ生クリームを重ねる。4種類のパートを作るのが大変だし、裏ごすタイプは食べる直前に裏ごさなくてはいけない。でもうっとりするくらいおいしい栗のお菓子だと思う。

いろいろ試して行き着いたのは一番シンプルな作り方の栗のお菓子だった。ゆでた栗の中身を皮からスプーンですくい出して鍋に移す。水をひたひたくらい加え、中火で煮る。途中好みの甘さになるようにグラニュー糖を加え、水気がなくなるまで煮たら、木ベラで栗の大きいかけらをつぶすようにして水分をとばしていく。

鍋の側面や底にはりついた粉状の部分をこそげるようにして、全体がパサッと乾いた感じになるまで焦がさないように木ベラで混ぜながら火にかける。この煮加減が鍵になる。ベタベタしていたらだめで、ほろっと仕上がるように煮上げる。煮上がった時、栗のグレイッシュな粒が残った栗あん状になっているといい。皿に少しずつ分けて広げ完全に冷ます。

弁当箱くらいの四角い型に紙を敷いて、この栗あんをぴっちり詰める。スプーンで隅まで押しつけるようにしてからラップで上をおおって冷蔵庫で食べるまで落ち着かせる。食べる時はこのまま切り分けただけでもおいしいけれど、生クリーム100ccにきび砂糖大さじ1杯半くらいとダークラム酒大さじ1を加えて柔らかめに泡立てたものを添えると極上のデザートになる。

栗には砂糖しか加えていない。フレッシュな栗をたっぷり使って作る家庭の贅沢なお菓子だと思う。水分のとばし方のコツさえ覚えたら甘さは多少きいても控えめでも不思議と十分おいしく食べられる。栗の方の甘さが足りなかったら、生クリームの方をやや甘くしたらいい。

自然なグレイッシュベージュの栗の色にカフェ・オ・レ色の生クリームがシックな組み合わせだ。モンブランと中津川の「すや」の栗きんとんの中間のようなお菓子が出来るわけで、コーヒーやアールグレイの紅茶とも焙じ茶ともよく合う。

家で作るお菓子は、外のケーキの店やレストランのデザートと違っていていいと思う。家で作るから出来る贅沢について考えてみて、楽しみたい。栗をたくさん使う。煮るのに手間と時間をかける。作ったらフレッシュな風味のうちに食べる。1人分いくらと採算がとれなくてもいい。家族の好きな味に加減する。焼きたての熱いうちにとか、一晩冷やして一番おいしい時に食べるとか、タイミングを合わせる。シンプルなお菓子でもとびきりの我が家のお菓子になる。くり返し作りたくなる、家のおいしい味をふやしたい。

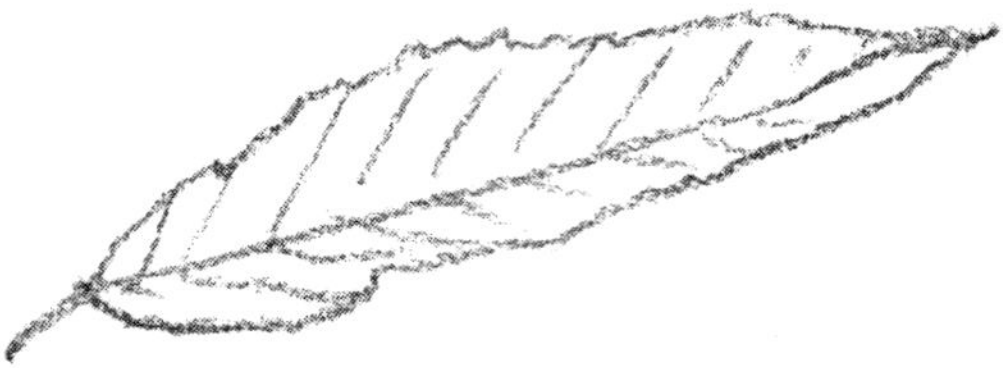

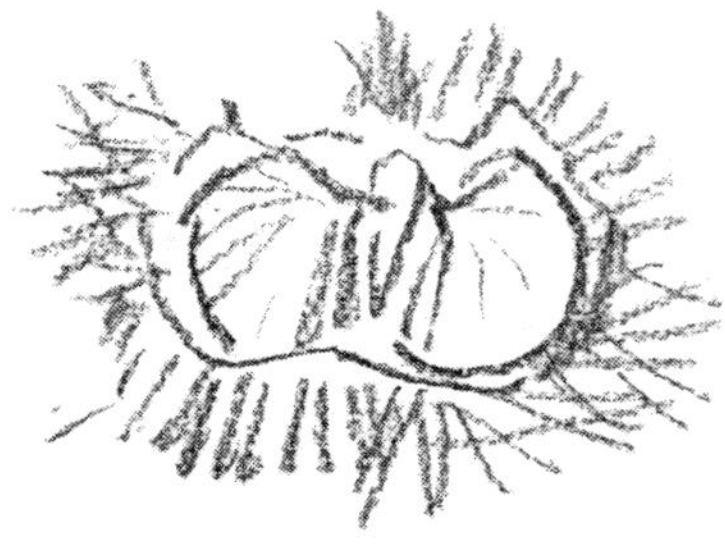

家で焙じるお茶

日本のお茶では煎茶は午後3時か4時頃、疲れたなと思った時に飲みたくなる。朝食や夕食の後は、たいてい焙じ茶を飲んでいる。焙じ茶は電車で4駅離れたマーケットまで出かけて加賀の棒茶を買ってくる。この焙じ茶は茎《くき》茶でいがらっぽさが少なく香ばしさが軽快なのだけれど、ちょっと値段もいい。

たまに自分で焙じ茶を炒ることがあるが、これはN.J.州に住んでいた頃に覚えた。アメリカに来る人のお土産で煎茶をいただくことが多く、特に新茶は袋入り、缶入りともに集まってしまうことがあった。食事の後というと我が家では焙じ茶の方を飲むので煎茶は飲み切ることが少なくて、あっと気がつくと去年の新茶がまだたくさん残っていたりする。焙じ茶は近くの日本食料品店では気に入った風味のものが手に入りにくかった。

ある日、ふと実家の母が、古くなった鍋で番茶を炒って、焙じ茶を作っていたのを思い出した。母は思い立つと、それまでに試したことのないことにも果敢に挑戦してみるところがあった。普通のお母さんが苦手と思うような分野の仕事でも、必要とあらば、自分なりに工夫して何とかこなしてしまう。習ったわけではないのに、いちいち自分で考えてはやってみる姿勢は子供の頃の私たちにとても大きな影響を与えてくれたと思う。

私も焙じ方はよくわからないけれど、ものはためしと、家の鍋に煎茶を移して弱火で鍋をゆすりながら火を入れてみた。鮮烈な香ばしさが部屋全体に立ちこめる。初めて作った時は炒り方が中途半端で、ややグリーンがかった焙じ茶になってしまった。我が家ではこれを焙じ煎茶と呼んでしばらく愛飲していた。結構味はよかったと思う。2回目からはコツがわかってしっかり焙じるようになり、家の焙じ茶はちょっと人にもすすめられる風味になった。

帰国してからは焙じ茶に不自由することもなかったので、ずっと作っていなかったが、実家から缶入りの煎茶のいただきものをたくさん分けてもらったので久しぶりに焙じ茶を作った。焙じたら、茶葉を広げてすっかり冷ましてから、缶に移して保存する。やはりおいしかった。立派な煎茶を使ったので当然かもしれないが、かなり贅沢な焙じ茶になった。

一口味わうと病みつきになってしまう。煎茶で飲み切れない分を焙じ茶で楽しむ。

意気揚々と古い鍋でお茶を焙じていた母の背中を思い出しながら、私もいろいろやってみる。

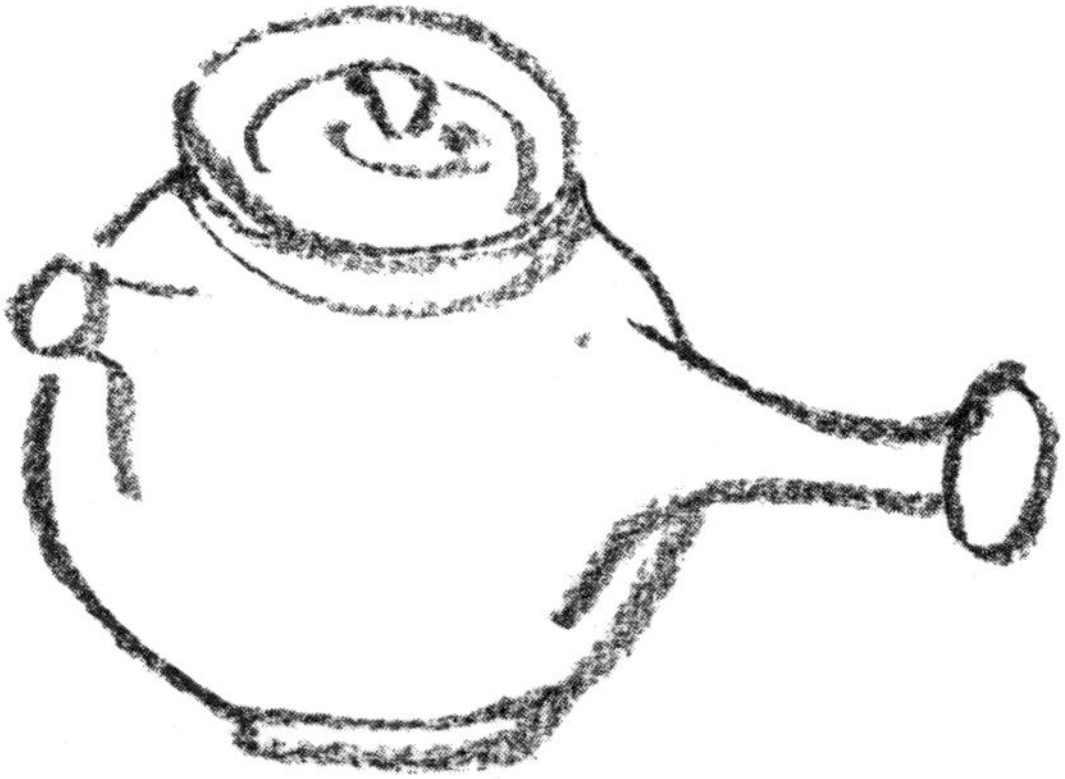

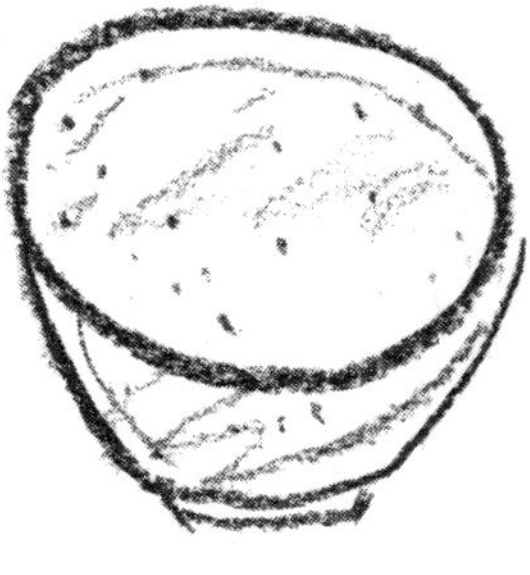

欅のくりぬき盆

我が家には丸い欅《けやき》のくりぬき盆が3枚ある。欅の一枚板をくりぬいて作ってあり、直径33センチのものが1枚、直径30㎝のものが2枚で厚みは1㎝くらい。側面は角をすっと落としてあるので、ゆったりした形に見える。この素直で自然な形のせいか、白木のままの仕上げ方、色のせいか北欧の木のトレイと言われたらそう思ってしまう。この欅の盆は信州で買い求めて4〜5年使っている。ようやく我が家に慣れてきたかなという木の風合いになった。

盆やトレイが好きで、木の他にガラス、アクリル、黒の漆、ステンレスなどその時の気分でいろいろ使っているから木の馴染み方もゆっくりのペースだと思う。

直径33㎝の盆と30㎝の盆ではかなり大きさが違う。2人分のお茶を運ぶ時も小さい方ではなく大きい方の盆を手に取る。自分の肩の幅の関係か、両手に持った具合もちょうどいい。よく使う盆は、ガラスのものも黒の漆のものも同じくらいの幅がある。この欅の大きい盆は、厚みとまあるいカーブが持ち支える手に温かく感じるし、のせたものをしっかり受け取めている心強さがあって、気に入っている。

盆やトレイは、昔、LPレコードの収納用に買ったボックス家具に縦に立てるように、並べてしまってある。キッチンとダイニングテーブルの間にあるのですっと取り出せる。

朝食の時、昔のダンスクの白いモーニングカップや砂色のパン皿、木のバターナイフやスプーンとカゴに盛った自家製のライ麦粉入りの田舎パンを運ぶ。クルミパンの小豆色がかった薄いベージュもよく合う。瓶ごとのはちみつや自家製のいちじくや洋梨、杏のジャム、発酵バター、チーズなど山盛り重いものを運んでも大丈夫なのがいい。焼きたてのパンを組み合わせてのせてもテーブルに着いた人が、手を伸ばしやすい親しみがある。

大きな朴《ほお》の葉を敷いておにぎりをたくさん盛っても、合いそうだ。初夏に朴の葉と花を使った宿のもてなしが記憶に残っている。

友人と京都の美山荘を訪れたのは6月中旬だった。夕暮れに宿に着いた時は、山の奥で静かに開いたばかりのような朴の花が床の間にたっぷりと大きな枝のまま生けてあった。夕暮れのブルーグレイの闇に白が水を含むような色に感じられたのに、夕食を終えてふと見ると、花弁は白から薄茶へ色を変えていた。

この日は初めに大きな根来《ねごろ》の盆に竹カゴを置き、その上に大きな朴葉を1枚のせてひもで結えて八寸が出された。終わり近くに出された青豆御飯は、朴葉2枚に包まれていて、きな粉が添えられていた。朴の葉と花がこんなにくっきりと印象に6月の季節を映すことに驚いた。日本の料理と道具、自然の木や葉の合わせ方にまだまだ尽きることがない興味を刺激された。

くりぬき盆は長野、静岡、愛知の県境いあたりの木地師の仕事のものを扱うところでよく見かける。欅の他に松や杉、栗、桜などの木を使ったものがあって、1枚1枚木の名前が記されている。何も塗っていない仕上げ方、浸みたりしないように透明な艶出しを塗ったもの、色も艶も強めにつけた仕上げ方などでそれぞれずいぶん雰囲気が変わる。

我が家の欅の盆は何も塗っていない。買ってすぐの頃は白木のやや頼りないような色だったのに、今は木らしい落ち着いた色になってきた。4~5年たっても木の表面の傷は比較的少ないし、自然に出てくる艶もまだまだ。傷やシミも含めて、もっともっと我が家で使いこんだ様子を見てみたくて、年月を重ねるのが待ち遠しい。自分自身が年を重ねるのはゆっくりがいいところもあるのだけれど……。

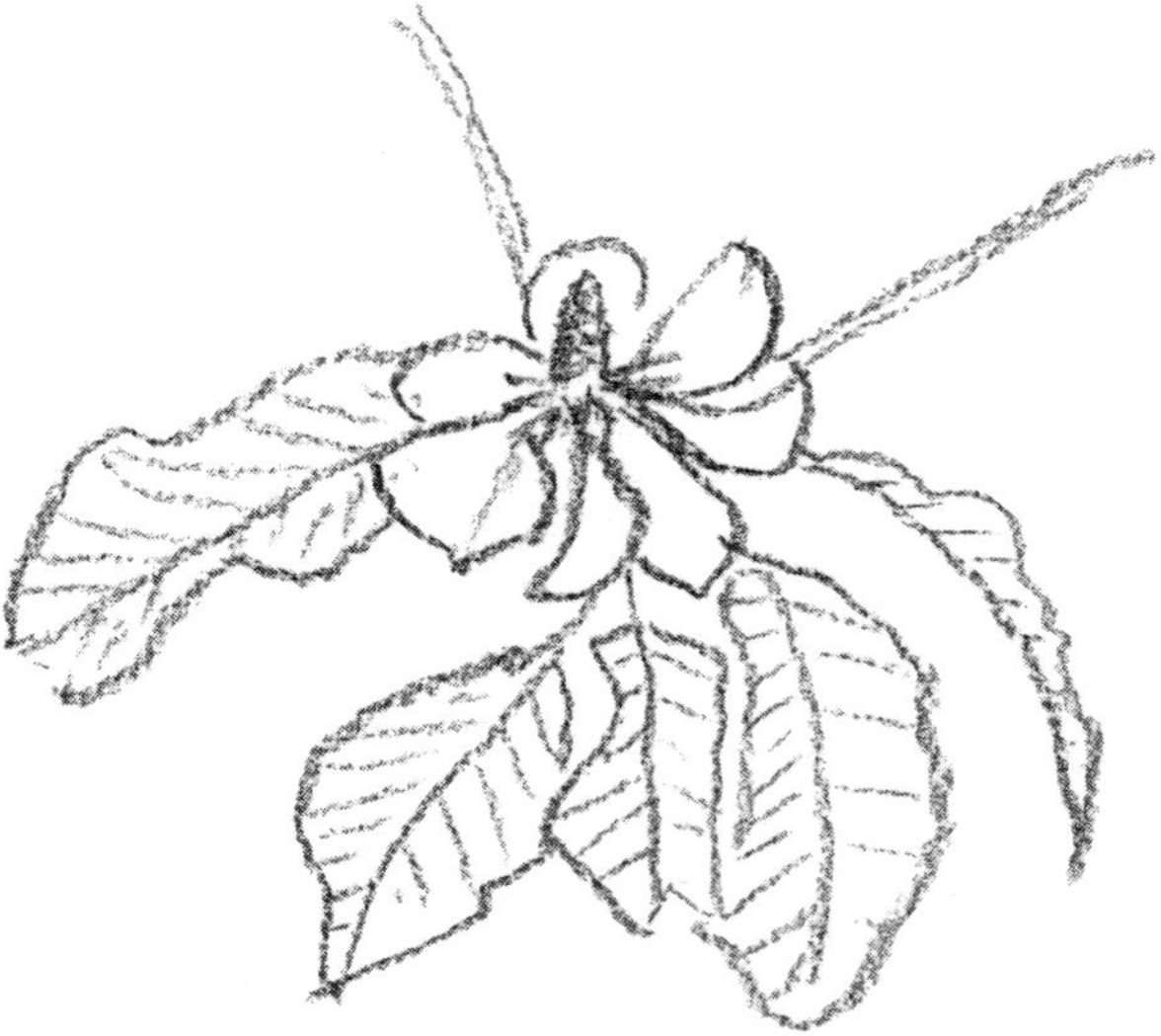

今日と明日のショートケーキ

12月初めに福岡の妹の家に泊めてもらった。福岡はかなり暖かで、木立に葉がだいぶ残っていた。家から近くの西新《にしじん》の細い小路に昼過ぎから屋台が並び、新鮮な野菜や海産物を並べておばさん達が商いを始める。

菜の花やラディッシュ、白のミニ大根など摘みたてでみずみずしい様子だったが、ひときわ目を引いたのが、地元のとよのか苺。小粒だけれど元気いっぱいに見えたので、二箱買って姪達とショートケーキを作ることにした。

ケーキと言うと、ショートケーキ、シュウ・クリーム、モンブラン、カスタード・プディングなど昔から好きな種類は変わらない。姪や甥に選ばせても必ずショートケーキになる。ショートケーキは翌日、いちごと生クリームの水気がスポンジに浸みた感じの時も、案外おいしい。

ハンドミキサーがあれば、スポンジは極く簡単に出来る。弱火で溶かした無塩バターを加えるので、ふんわり口あたりも柔らかく仕上がる。

スポンジの土台は卵3個の配合にして、直径18センチのケーキ型に流しこむ。型にしっかりバターを塗って、粉を薄くはたいてコーティングした中に流して焼くと、なめらかできれいなきつね色に焼き色がつく。焼くのは約20分。しょっ中焼いていても、焼き上がったスポンジケーキのきつね色に、毎回心が動かされる。

生クリームと砂糖を泡立てる工程から、光《ひかり》と明《めい》に手伝ってもらった。砂糖は明がスプーンで入れるから、泡立てるのは光のはずだった。ところが、明もクリームを泡立ててみたくなり、ちょっと替わらせたが、二人ともいろいろやりたかったので、このおまけがいけなかった。途中で大弱りの状況になった。

二人とも泣き始めると、的確な仲裁法を思いつくことができない。助けを求めようにも、妹は外へ出ていた。いったん決めたルールは最後まで、大人の方も、変更を加えずに守った方がいいことに後で気づいた。

生クリームをスポンジに塗っていちごを並べ、上にも生クリームを絞る。このあたりからは二人に同じだけやってもらい、順調に仕上げられた。

光が6歳、明が4歳、自分達もいっしょに作ったケーキは、とびきりおいしく感じるのかもしれない。大人と同じ大きさに切り分けたケーキを、クリームも残さずきれいに食べた。ずいぶんお姉さんになったなと、妙に感慨深かった。

翌日、幼稚園から帰ってのおやつにもショートケーキを楽しみにしていて、光と明と妹と私で、残りの少ししっとりした一切れずつを食べた。

夜、夕食の後で、パパが一言。「そうだ、昨日のケーキが残っていたんだ」

光と明と妹と私は「しまった！」と、息をのむような様子で口を同時にあけて、顔を見合わせていた。

でも大きな1台のケーキを囲んで、こうして切り分けて食べるのは温かくて素敵だと思った。我が家は二人だから、あまり大きなケーキは焼けなくて小さく作る。それでも夕食の後、次の日の朝食の後、そのまた後の夕食の後と続けて食べることになる。わくわくはちょっと少なくなる。

そして光は「明日はジャムが作りたい」と提言した。翌日再び西新へ寄ってみると、1パック280円だったとよのか苺が200円になっていた。4パック買って帰り、洗ってヘタをとって計ったら1キログラムあった。グラニュー糖600グラム、レモン1個の絞り汁をふりかけて、4～5時間置いてから煮始めた。

もちろんヘタを落とすのも、レモンを絞って種を除くのも二人にやってもらい、煮詰める様子も時々見せた。煮詰めるのに1時間くらいかかったが、深いルビーのようにきれいに澄んだいちごジャムに仕上がった。

次の朝はイングリッシュブレッドに、各自ジャムを好きなだけ塗って試食。光は上手にたっぷりめに塗って、早々と食べる。明は幼稚園へ行く時間になって、妹が「さぁ、帽子をかぶってリュックを持って」と促す声をよそに、さらにいちごジャムをパンの白い部分に悠々《ゆうゆう》と塗って、ぱくり。「ほら、もう行かなくちゃ」の声に、パンの向こう側遠くにのっていたいちごの粒をスプーンで一番手前に移してぱくり。

お姉さんの光が帽子をかぶり終えたのを見て、もう一口。ここで子供用の椅子から障害物競走のようにすべり降りて、すごいスピードで帽子をかぶって、リュックを背中に回しながら廊下を進み靴をはく。

光の方は一つ一つゆっくり確かめるように、自分のペースで進めている。動作がフワッと眠そうな朝の優しさで続く。明の方は一つ一つに充てる時間配分が違う。幼稚園に行く子供達の様子を、こんなふうにじっくり見つめる時間は持ったことがなかったから、かなり面白かった。

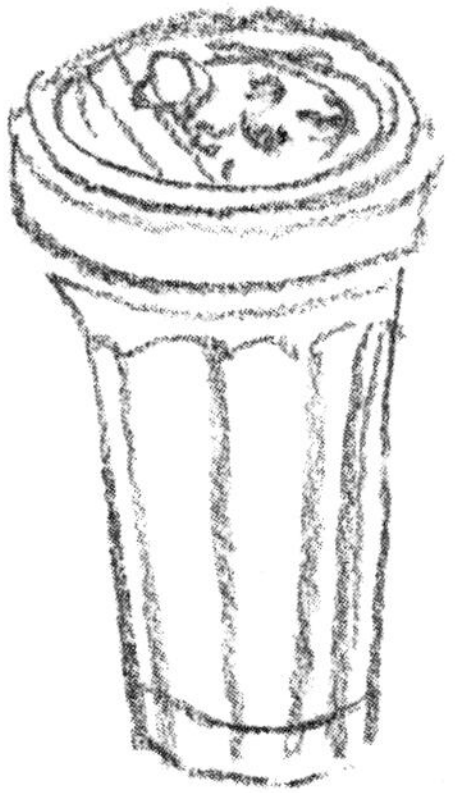

昔のお釜、台所へ

秋田で主人の祖母が台所で使い続けたという、鋳物のお釜を、母に譲ってもらったのは、1年ほど前の夏のこと。蓋《ふた》はだいぶ焦げて穴があいたりしていたので、半年くらいして合羽橋へ探しに出かけた。ぶ厚い杉蓋を見つけて、お釜の口径に合いそうな大きさのものを買い求めた。お釜は下の部分が球形に近いカーヴで、いつも使っている文化釜より大きく感じられて、1合でも炊けるのか考えているうちに半年たってしまった。

そのお釜で秋頃から御飯を炊くようになった。1合でもちょっと工夫すると、上手に御飯が炊ける。球形の部分の熱のまわり具合がいいのだろうか。文化釜はおいしく炊けると気に入っていたが、さらにびっくりするくらいふっくら香りよく炊き上がる。2〜3合炊きが理想だけれど、1合の時は沸とうするまで弱火で、やや時間をかけるといいようだ。

一度ふいてからは、網を置いた上にのせ極く弱火に落として15分くらい炊く。文化釜と違って網の上に移す時はちょっと大変だし、炊き上がってからは杉蓋をしたまま文化釜の時より長めに蒸らさないといけない。お釜の形のせいか、ぶ厚い蓋のせいか、蒸らした後でもふっくら温かく、杉の木の香りも移って香気さえ感じられるような御飯になる。

ある日、手巻き寿司パーティーがあって、同じお米をこのお釜と実家の電気釜で炊いてみたら、全く違う炊き上がりだった。おこげもよく出来る。

ふっくら炊けた白い御飯を、おいしく食べるための夕食が週に3回くらい。時鮭の塩鮭や鯵の干物、金目鯛か鰈《カレイ》の煮付け、納豆、お浸し、お漬物、味噌汁、あとはその日おいしそうな顔の野菜料理くらいで御飯を楽しむ。

手順としては、夕方、まずお米を研ぐ。それから味噌汁のために、我が家はかつお節でだしを取る。

お米を分量の水につけて1~2時間して炊くようにする。間でお浸しの葉ものをゆでたり、和えものの下準備をしたり、煮物を作ったりしておく。食べる40~50分前にお釜を火にかける。御飯が炊けて蒸らす間に煮魚や焼き魚を仕上げ、大根をおろし、味噌汁に味噌を溶き入れ、野菜を和える。

塩鮭や鯵の干物、カジキマグロや鰆《さわら》の味噌漬焼きには、大根おろしと橙やすだちを添える。

煮魚は、金目鯛や鰈、平目など切り身の場合は、煮切った日本酒1／3カップに水と中双糖を小さじ1弱くらい、しょう油でさほど濃くない煮汁を作ってさっと煮る。魚のアラ炊きや鰯の梅干し煮の時は、もっと濃い味でしっかり煮付ける。

お浸しには摺り胡麻としょう油をかけたり、しょう油はなしでマヨネーズの上に粗塩をパラッと落として添えることもある。マヨネーズをたくさんつけるのではなく、粗塩の塩味で味わう食べ方になる。

和えものや和風サラダの時は山ウドやきぬさや、いんげん、新キャベツ、もやし、カブなどが活躍する。

蓮根やさつまいも、じゃがいも、牛蒡《ごぼう》、しし唐、赤ピーマン、茄子、玉ネギなど2～3種、材料を合わせて、さっと炒り煮して一品加えることも多い。肉じゃがやきんぴら、切り干し大根も、必ずふと食べたくなるから日本人だなあと思う。

納豆は夕食に食べるといいらしいが、栄養を別にしてもやはり御飯によく合う。葱やゆでたオクラ、ニラのどれかを細かく切って和えて食べる。

和食の大変な点は、口へ入れる時は、魚は焼き上がってすぐ、大根はおろして時間がたないうち、味噌汁は煮えたちばな、御飯は蒸らしてからというようにタイミングをぴたっと合わせることだと思う。特にお酒を飲まない夕ごはんの時は段取りがむずかしい。

簡単なようで案外、気が抜けない。シンプルだけれど食べ飽きないおいしさのために、台所で頭を働かせながら手を動かす。

年のせいか、こういうごはんがうれしい。

祖父の100円玉

我が家のクローゼットにガラスのジャムの瓶がしまってある。中には100円玉が、ぎっしり入っている。その昔、祖父が私と3歳下の弟とにくれた100円玉で、いつのまにか瓶のまま30年以上たってしまった。

祖父は自宅を府中に建てる間、狛江に一緒に住んでいた。毎日の暮らしの中で、少しずつ貯めていった100円玉なんだろうと思う。孫はたくさんいて、5円玉や50円玉を、ひもに通して輪にして贈ったりしたこともあるそうだ。けれど100円玉のことは、父や母に尋ねても覚えていないので詳しくはわからない。ただ子供の頃からこの100円玉は特別に感じていて、結婚してからの5回の引っ越しにも、そのまま新しい家へ運んできた。

祖父には中国の小皿も譲り受けた。持ち柄にグリーングレーの石が使ってあって、深さのある輪花小鉢で、緑や濃いピンクの柄がある。祖父は、18年前に92歳で亡くなった。亡くなる1年前のお正月に府中の家を訪ねた時に、この小さな器を出してきて「和ちゃんにやろう」と言って渡してくれた。私が食器に興味を持っていたからだろうか。

100円玉は、きっと、ずっと私は使わないと思う。中国の小皿もしまってある。譲り受けたものの値段は考えたことがない。

100円玉は祖父が暮らしていた時間と何かつながっているようで、ずっと見守ってくれているように感じる。小皿の方は「和ちゃんにやろう」という一言が頭に焼きついている。

祖父は大きな病気もしないで、風邪をひいて静かに眠るように亡くなった。ただ、前の年から出歩くのに足が不自由になって、その一言は枕元で聞いた。ふと思いついた一言かもしれないのに、私は100円玉とその一言が大事でならない。

Crème de Pruneaux
Ingrédients : Pruneaux d'ente.
LONGUESSERRE
Fruits Secs
Spécialités Agenaises
LE TEMPLE-SUR-LOT
53.01.08.17 - 53.01.07.91
340 g

歩くこと

私が健康のためにしていることといったら、食べることと歩くことくらいだと思う。食事はなるべくバランスよく、いろいろな食品を摂るようには考えるが、カロリーは計算したことがない。薄めの味が好みだけれど、砂糖や塩の全体摂取量を計算したこともない。おいしいものは、ある時はとても甘く、ある時は塩がきりっときいている。

スポーツクラブに通うこともないし、家でくり返す簡単な体操すら試したことがないし、多分これからも取り組まないと思う。私は飽きっぽい。それにしなくちゃいけない、してはいけないが苦手だ。高い入会金を払ってスポーツクラブに入っても、しばらくして行かなくなるのは目に見えている。私は食事時に、お腹がペコペコに減っているのが好きだ。毎日おいしく食べるために、お腹が減ってる状態を大事にすることにした。何が出来そうか考えて歩くことにした。

歩くスピードは昔から速かったし、散歩は大好きなのでちょうどいい。飼い犬を散歩させるように、午前1回、午後1回、私を散歩に出す。一人の散歩はややつまらないので、何か目的を設定する。いっぺんにすませられないこともない用事も、ちょっとずつに分けたりする。歩きだと重い荷物はいけない。腰を痛めてしまったら元も子もない。

歩くことが好きなのか、お天気のいい日はもちろん、大雨の日は、びしょ濡れになっても平気な運動靴をひっぱり出して来て、大きな傘で出かける。

子供の頃、雪を見過ぎた主人は、雪が舞っているのを見ると、かなり滅入るらしい。それで「会社の行き帰りに雪が積もると大変」と言ってみても、表情にわくわくが隠せていないそうだ。東京では、ひと冬に1～2回あるかないかの大雪をつい期待してしまう。

仕事で出かける時の大雨や雪は困るけれど、粋狂《すいきょう》で歩く時には、何だか雪の中で散歩に連れ出された犬のように、意気揚々というところがあるに違いない。

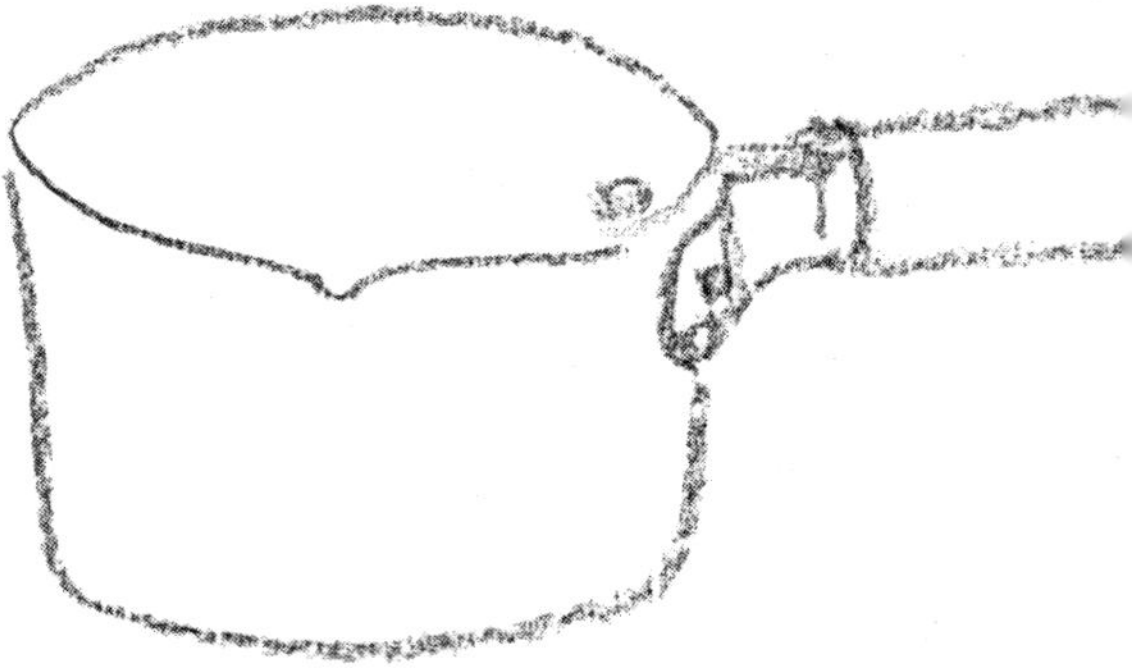

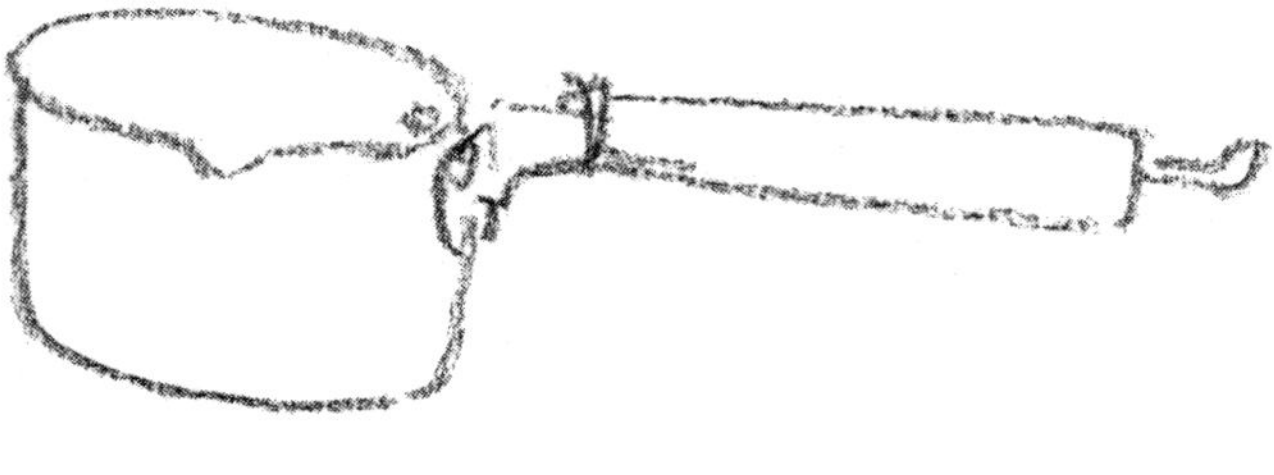

お昼ごはんに冷蔵庫のあり合わせで作るとっておき

・トレヴィスと紫葉漬けうどん

週末に人を招いた時に使った残りのトレヴィス（ほろ苦い赤紫のサラダ用の葉）と薬味でいつも使いきれない香菜、近くのマーケットで買えてゆで時間が4～5分の〝上州手振りうどん〟（乾麺）、気に入った風味の紫葉漬けとツナオイル漬けの小さい缶で。

大きなボウルにツナオイル漬けをほぐして細かく切った紫葉漬け、青じそ、万能ねぎ、ちぎったトレヴィス、香菜の葉、薄切りのカブを加える。さっとゆでたうどんを冷水で洗ってザルに上げ、水気をよく切る。先のボウルに入れ、しょう油、酢、塩、オイルでいつも作って冷蔵してあるドレッシングとヴァージンオリーブ油で和える。

何風とは言いにくいけれど、かなりアクセントのきいた軽快な麺のメニュー。

我が家では、マカロニサラダを作る時も、ゆでた鶏肉と胡瓜とスライスオニオンの他に和風の薬味野菜を加えることが多い。

・豚肩ロースと山ウドの豆板醤《トウバンジャン》炒め

山ウドは皮をむいてマッチの軸切り、皮も同じ長さに切って酢水にしばらく漬けてから水を切る。豚肩ロース肉は細く切る。太白《たいはく》胡麻油を熱して豚肉を炒め、色が変わったらウドも加えて炒める。豆板醤、塩、しょう油で調味して仕上げる。

この一皿には花巻き（中身の入っていない中国の蒸しパン）かピタ（中が空洞のアラブの平たいパン）を添えて食べるとすごくいける。炒めたウドの香りと歯ごたえがきいていていい。

・夏から秋に作る茄子麺

茄子は乱切りにして、から揚げにする。油をよく切っておく。冷水で洗って水気を切った稲庭うどんかきしめんの上に、揚げた茄子を並べ、スライスオニオン、繊切りの青じそと茗荷《みょうが》をふわっとのせ、上から麺のつゆをまわしかける。七味唐辛子もミル付きのもので挽いてかけるといい。茄子が肉に負けない元気を出している。

光の絵本作り

姪の光は5歳くらいの頃から、時々、ホチキスでとめた手作りの絵本を作っている。ちゃんと表紙があって、ストーリーやページごとの展開も彼女なりによく考えてある。大きさはだいたい12×15センチくらいで、もっとずっと小さな本もあったが、結構本らしい本になっている。光は絵を描くのが好きで、昔から色鉛筆と紙があれば何時間でも夢中で描き続けそうだった。面白いなと感じたのは、テーブルの向う側に座っている光が、こちら側の私が描くように反対側から絵が描けること。描き始めが妙な所からだったりして、はっと思うのはしょっ中だった。光の記憶には見たこと、ものが画像でインプットされているのかもしれない。

私はテレビのポケットモンスターが案外気に入っていて（ゲームの方は持っていない）、毎週見ていたのだけれど、見逃した時には福岡の光に電話して内容を尋ねる。そうすると、そのシーンごとの登場人物の動きと台詞まで説明してくれる。とっかかりの部分はなかなか出てこないこともあるが、全体をかいつまんではなく、あたかもＶｉｄｅｏを巻き戻すようにしてから話してくれるのだ。

ある日、光が見逃して私が説明したことがあった。途中で質問が入る。「その時、その子はどんなふうにした？　何て答えていた？」とアクションに対しての反応を知りたい様子だった。

「え！」と私は言葉に詰ってしまった。筋書きで記憶していたようで、想像して言うことしか出来なかった。

以前にも同じように驚いたことがあった。アメリカに住んでいる頃、N.J.の家に、知人が5歳の息子さんと遊びに来た。その日の午前中、ホイットニー美術館で、カルダーのサーカスを見て来たところだった。Yûri君も絵がとても好きで、我が家のテーブルで鉛筆を手にすると、さらさらとN.Y.のイエローキャブやエンパイアステートビルディングを線で描いた。カルダーの作品の、檻《おり》に入ったライオンも、あっという間に躊躇《ちゅうちょ》することなく絵にした。

ホイットニー美術館の入口に展示してあるサーカスのオブジェも、サーカスを動かしているカルダー氏のVideoも何回か見ているはずなのに、車のついた檻のディテールもライオンの動きも正確には思い出せない。それが、省くだけ省いても正確で、見事なYûri君のライオンのデザインになって紙の上に残っている。

光の絵本の主人公も動きがいい。いろいろな動作をしている。クローズアップと、画面を引いていく効果についても知ってとり入れているようだ。

タイトルも自分一人でつける。ぽんぽんたぬきのまほう／ふしぎなたね／ふらんすあ　いえでする／ぺんぺんぎいらちゃんのくっきいづくり／ねこのおさんぽ／のらとみけのむらのたび／どくのはな／ねむるくにえ……。

色使いも本ごとに変化させている。今まで読んだり見たりした様々な本の影響はあると思うが、描く時は全く他のものを見たりしないで、頭の中にある画面を紙に映さなくちゃといった様子で作業している。

『どくのはな』は妖婉な変わった花が描かれていて、話が進むうちに花と虫が俯瞰《ふかん》でアップになる。『のらとみけ』は2匹の猫がスーツケース二つと並んで水色の線で描かれている。くり返しと2匹の動きの差で変化をつけてあってリズミカルな展開だった。『ふしぎなたね』はジャックと豆の木のようなつるが種の頃から描いてあって、主人公のねずみのポーズがとても魅力的。『ねむるくにえ』はタイトルにすごく魅かれる。

いつか本当に一冊になったら……と夢を持ってしまう。

Alexander Calder　アレクサンダー・カルダー

アメリカ、フィラデルフィア生まれの芸術家。絵画の他、モビール、彫刻、オブジェなど多くのジャンルの作品を残す。

アメリカ滞在中、N.Y.のホイットニー美術館の入口に展示してあるサーカスのオブジェが好きで、何回も見に行った。

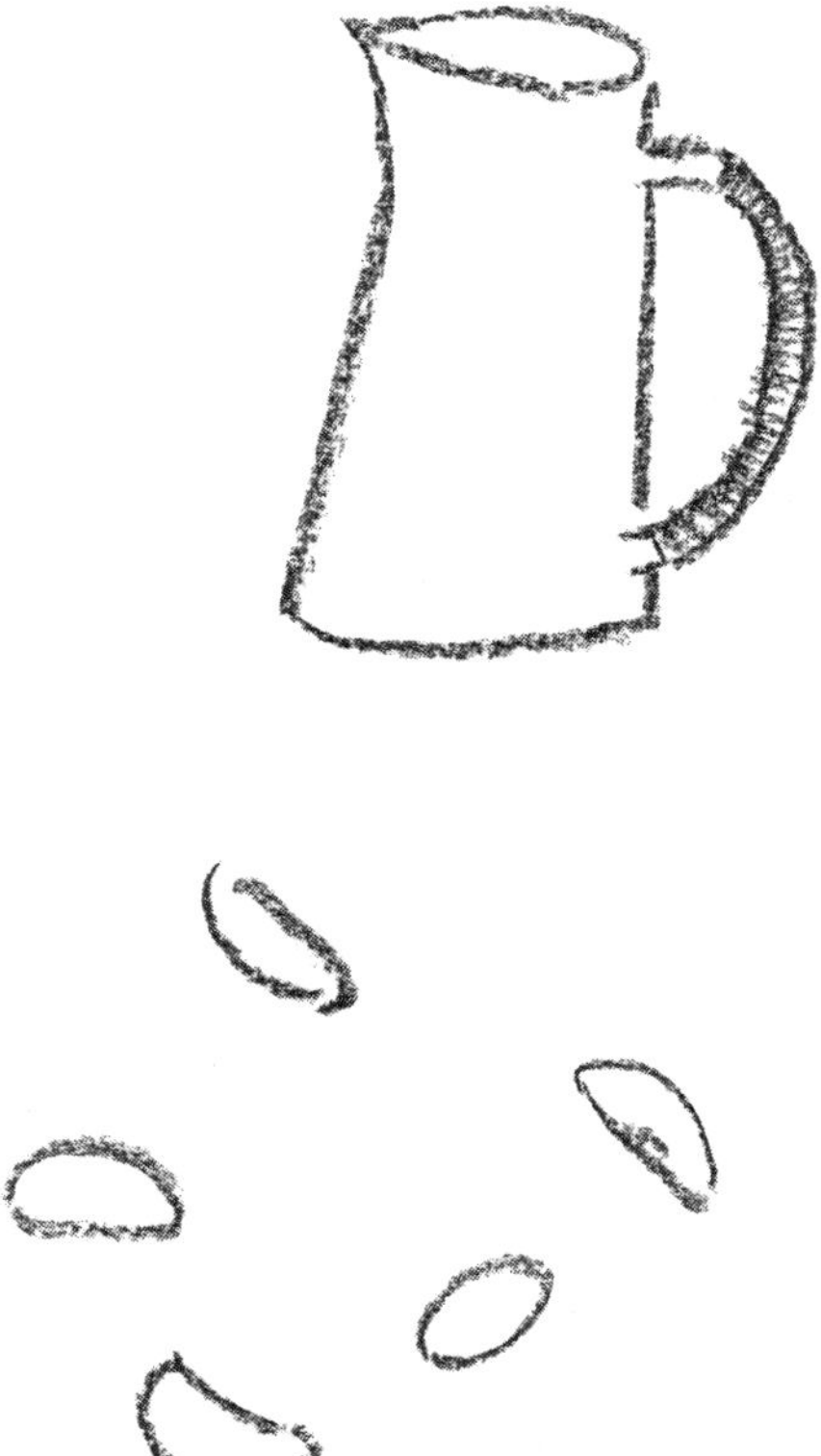

algues séchées
iziki.
fruits secs
3 sortes de raisins secs, pruneaux, pommes, etc.

老眼鏡

テーブルクロスの縁を縫おうと思って、ミシンを出してきた。ミルクティー色の生地にベージュの糸を選んで、ミシン針に通そうとしたが通らない。あれ、おかしいな。どうして通らないのかな……。

車で出かけると、私はなかなか有能なナビゲーターのはずだった。地図を見るのも狭い小路をチェックするのも得意なのに、地図中の建物の名前が読みにくくて困った。瞬間にわからなくちゃいけないのに。飛行機の機内や、ろうそくの灯のレストランで手書きのメニューが見にくかったこともある。

2〜3年前から、少し気にはなっていた。顔の近くのボタンをとめる時、カメラだったらフォーカスがぴたっと決まらない感じなのだ。それがここに来て、不便だと思うようになった。

視力は子供の頃からずっとよくて、1・5と1・2のまま大人になった。受験勉強で友達が皆、視力が落ちたと言っているのを不思議そうに聞き流していたのに。初めは針に糸が通せないことが信じられないような気持ちだった。信じたくなかったのかもしれない。遠くは相変わらずクリアーによく見える。

眼鏡を作った。店で検眼してもらったらそれほど進んでいないらしく、弱い遠視用ということになった。スケジュール帳の脇に置いてあるが、実は使っていない。やはり自分の眼だけで見るのが好きで、辞書を引いて偏《へん》や旁《つくり》、細かい部分を見る時だけ、小さい Nikon のルーペを出してくる。

足の関節が時々ピクッと痛いように感じることがある。20代の頃に比べると、一度にたくさん食べられないように思うことがある。それだけに自分の眼が澄んだ光や空気とその中のものをしっかり捉えたり、自分の足で気ままに歩けたり、おいしいものを感動して味わえるのがよけいにうれしい。

年をとるというのはこういうことなのか……。不便なことは増えるかもしれないけれど、私の持っているいろいろな感覚が、とても大事に思えてくるのは悪くない。

アイスクリームのスプーン

アイスクリームをすくうスプーンはいつも決まっている。以前友人と作った〝ベーグル〟の文字入りの銀メッキのスプーンで、丈夫な形で柄に力を入れられていい。

銀のスプーンはコーヒー、ティー、エスプレッソ用の華奢《きゃしゃ》な柄のものはあるが、冷凍庫で眠っていたかためのアイスクリームをすくい出せるくらいタフではない。ステンレスのスプーンにも、モダンでしっかりしたデザインのものがあるが、最近は銀の口あたりが好きになってきた。それで、このベーグルの銀のスプーンばかり使っているうちに銀がやや擦れてきた。

このスプーンは手元に2本しかない。この話をいっしょにスプーンを注文した友人にしたら、彼女も同じように感じていたらしい。使い勝手がよくて使い心地もいいスプーンが、数ある他のスプーンから抜き出た存在と認識するまでに数年かかるとは思わなかった。ベーグルのスプーンは何気なくて家庭的な雰囲気で、光り過ぎない銀色が使いこむほど優しくなる。「文字なしでいいから買い足したい」と彼女とのおしゃべりを終えた。

我が家の冷凍庫には、相変わらずハーゲンダッツのバニラアイスクリームが入っている。和食の後のデザートは、タピオカをゆでておいて、桜井甘精堂の栗かのこや根津の小豆の小倉あんとバニラアイスクリームを合わせて牛乳を注いで食べる。何も用意していない日には簡単で口あたりが優しくていい。家で控えめな甘さに煮た白いんげん豆の甘煮とバニラアイスクリームの組み合わせも、上品な風味でおいしい。和風のアイスクリーム・デザートに、この銀のスプーンが食後の定番になっている。

漆のお盆

半年待って、やっと、黒の漆の角盆を塗り直してもらった。この黒い盆は34センチ角で、縁の高さが3センチある。お店のご主人によると、大正か昭和の頃、座って食事をする集まりの時に使われた形とサイズで今は作られていないそうだ。京都の骨董市が渋谷のパルコ前に立ったことがあって、その時に買い求めた。

20年近く前、5枚で1万円しなかったと思う。骨董市でも足のついたお膳はよく見かけるが、足のないフラットな形は少ない。状態がまぁまぁで、大らかなサイズが気に入って選んだ。毎日の暮らしで使っているうちに、市で見た時より漆の黒がしっとり美しくなった気がした。

だいぶ使って縁の漆が剝げて下の木地が僅《わず》かに見え、しばらくどうしたものか迷っていた。漆のクリニックを、青山の伝統工芸センターで受け付けていると聞いてお盆を抱えて行った。全体を塗り直すと修理費用が1枚8000円近くかかり、買った値段を考えると高くつくので、よく考えてとアドバイスしていただいた。

確かに修理費の方がずっと高い。でもこの大らかな形の漆の盆は新しいものを探しても見あたらなかったし、別の形の新しいお盆の値段はさらに高かった。我が家の夕御飯は和食が多い。和食の時のこのお盆の活躍ぶりを考えると、塗り直すことにすぐ心は決まってしまった。

2枚は使っていて、まず3枚を直しに出してから半年。少し忘れかけた頃、連絡をいただいてお店にお盆を取りに伺った。惚れ惚れしてしまうような、品格を感じる漆の黒だった。心配していたようなぴかぴかの反射ではなく、吸い込むようなシックな光り方で半年待ったことも忘れるくらい美しい。

「天袋などにしまい込まないで。乾燥したところに使わないでおくといけません。漆は使うほどに美しい様子を見せるので、しょっ中使ってやって下さい」

ご主人の言葉で、骨董市で積み上げてあった時より、我が家の夕御飯をのせてはふき込まれて、黒がしっとり漆の色を見せるようになった理由がわかった。

お盆もお椀も昔の木地の方が、たっぷりとした温みがあって好きだ。この形のお盆が、今は作られていないというのも淋しい気が少しした。

ハックルベリーの部屋片付け術

定期的で丁寧な掃除は苦手な方だが、パッと見て片付いているな……というふうに部屋を整えるのは得意だと思う。

本や雑誌は結構1カ月でずいぶん積み重なるし、レシートや案内状やどこにしまうか思いつけない物はテーブルや棚の上にすぐたまる。本や雑誌は収まってしまうと読まないので、シンプルでデザインが好きなものを一番上に置く。その日の部屋の色に合わせた表紙なら、さらにいい。下のごちゃごちゃが見えにくいくらい大きいと、またいい。

ポストカードや案内状、ＦＡＸ、メモはしばらく目につくところに置いておきたい。これは大きな東北地方の桜皮《かば》のカゴに入れることにしている。木の皮がダークブラウンできちんと目に映る。

テーブルはリビングとダイニングにいくつかある。どのテーブルにも同じように何か置いてあるといけない。たとえば今の状態を説明すると、ダイニングテーブルはテーブルクロスがかけてあるが、食事の時以外は何も置いていない。何か作業する時に必要なものを広げ、終わったら片付ける。

隣りの三つ脚の白木の丸テーブルには、コーヒーテーブルブックが積んである。インテリアやアート、工芸品などの本（洋書が多い）が20冊くらいとバゲットを入れるような柳の縦長のカゴ、北欧の樺の皮のパンかごが上面に並ぶ。

リビングの細長い木のテーブルの下の床には、読みかけの雑誌や単行本が三つの山になっている。主人も私もいろいろな本を並行して読むので、いつのまにか増えてしまう。木のテーブルは二つで一対になっていて、もう片方の下には、オーディオセットとCDの山が区画の中に収まるように積んである。

突然、人がやって来ても、何だか片付いているような様子だと思う。指先で埃《ほこり》をチェックするタイプの人でなければ。

子供の頃から自分の勉強机の上や本棚をどうやったらきれいにしておけるか、あれこれ試してみるのが好きだった。どういう分類で、どういうレイアウトにするといいか、考えながら何回もやってみる。使い勝手のことも頭にあったが、夢中になれたのは同じ要素を一番見飽きない、すっきりした状態に並べるという課題が面白かったから。片付けなくちゃいけないと言われてではなくて、自分でどう並べようかと頭をめぐらせた。

本棚は特に何回か並べ変えるうちにコツがわかった。ジャンルと背の高さで、大まかに何グループかに分ける。本棚の段ごとに高さを決めて、途中でやや凹凸があっても要所要所で決まっていればOKなのだ。取り出す頻度の高い本は両端には入れない。とっておく目的の本で、ほとんど眠っていていい本以外は、雑誌のように積み重ねない。

食器棚だったら、毎日の食事に使う食器は取り出し易い高さの段に一ぺんで取り出せる位置に、家だったら二つずつ重ねておく。人が集まった時のための大皿、大鉢、個性的な器は、奥の方に重ねてもいい。縁が傷つき易いもの、こわれ易いものは、ハードで重たい食器の近くには置かない。段ごとに染め付けの器、ガラス器、白い洋皿というように色を押えておくと、開いた時、きれいに目に入ってくる。一つの棚の高さいっぱいに器を重ねない。重ねるのは、上から取り出せるところまで。

収納法にあまりこだわり過ぎても暮らしが窮屈になるし、物を飾り過ぎてもいけない。見ていて飽きない心地よさがあるという置き方が我が家の理想だ。

『トム・ソーヤの冒険』に出てくる、ハックルベリーのペンキ塗りの話もそうだけれど、やらなくちゃいけないと思うと仕事は苦《つら》くなる。面白いからやる。楽しいからやる。おいしいものが食べたいから料理する。つまり私がやりたいから、夢中でやるのが大事だと思う。特に私は〝天の邪鬼〟だから、いったんのせれば、何でも嬉々として向っていくはず。

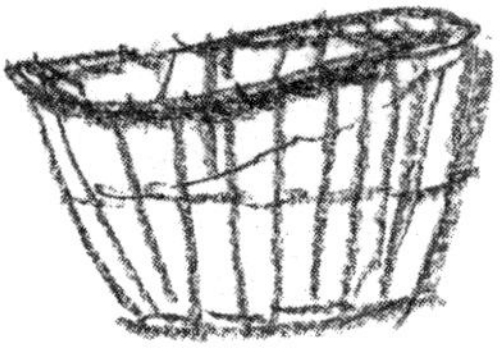

テーブルでの仕事に必要な……

この頃、1970年代、80年代に、始終聴いていたロックやポップスのナンバーをよく耳にする。映画のサウンド・トラック、テレビの車のコマーシャル、スポーツニュースや番組のバックに、私にとっては懐しい音が流れているのに気づいて、あわててヴォリュームを上げたりする。

ロックのヴォーカリストやグループ名だって、かなりよく知っている方かもしれない。アメリカに住んでいる頃は家にいれば必ずMTVをつけていたし、車を運転している時はロックのステーションに合わせていた。〝全米トップ40〟を聞いていると、バンドの解散や再編のニュースも記憶してしまう。その頃のMusic Videoはよく出来ていて、とても面白かったと思う。

友達に同じロックのジャンルの好きな人は少なくて、そういう話が出来ない。年齢的な問題もあって、近いあたりのロックと範囲を広げても、今まで、あまりいなかったような気がする。日本に帰ってからはMTVもすっかりダンスミュージックのようなポップスしかかからないなと思いつつ、FMラジオを聴き流す程度だった。

昔、買ったのはLP盤だったが、今、我が家のLPプレーヤーは要修理の状態で聴くことが出来ない。同じものを全てCDに買い直すエネルギーがないまま、ディスクを聴く機会が減っていた。

ところがFMでオンエアされたヒット曲が懐しく思えて、John Waiteの『falling backwards』を買ってみた。聴いているとBAD ENGLISHの時の曲に魅かれ、さらに『BAD ENGLISH』と『BACKLASH』という2枚のCDを探して聴いた。10年前にリリースされたものを、なかなか見つけられなかったのには驚いたけれど、当時は多分ヴァン・ヘイレンやデフ・レパードに気をとられて手にすることもなかったのだ。

ちょっとしたフレーズやメロディラインが、ロックやポップスをずっと聴いていた時代へタイムスリップさせてくれる。

久しぶりにヴォリュームを上げて、ヘッドホンでロックを聴いていると、発音のせいか、詞のせいか、英語が切れ味よくきれいに耳に届く。以前から結構多くのロックの曲を聴いていたはずなのに、こんなふうに感じたことはあまりなかった。言葉の選び方、曲にのせた時の唱い方の感覚が好きだなと思った。

テーブルの上での仕事の時は、ラジオをやめてCDをかけている。いつもは途中であきて別の用事を見つけに席を立っていたのに、好きなナンバーまで聴いていたくて、ヘッドホンがはずせない。CD1枚分の時間、中座なしで仕事に取り組んでしまう。CDを止めてマーケットへ買い物に行く間、傘をさして雨にぬれない頭の中でさっきのナンバーが流れ続けている。

私は人から見ると意外なことに熱中している。

ロック、ハードロックは一番長い期間にわたっている趣味だと思うが、もっと「え!」と言われるようなジャンルもある。

もう過ぎてしまいそうなものに野球がある。セ・リーグでいくつか好きな球団があったものだから、選手名鑑を傍ら、毎晩のニュースをはしごしていた。もちろん背番号だけで、どの選手かわかったし、持っている車の種類や投手の防御率まで記憶していたことがあった。別に関係のない選手の分まで、インプットしてしまうのは自分でもおかしかった。

その後はポケットモンスター。ゲームは持っていないし、全く出来ない。姪や甥と話すのが楽しくてテレビ番組を毎週見ているうちに、ポケモン事典をつい勉強してしまった。進化形も暗記したし、飛行場でポケモンジェットを見かけると得した気になったりした。

それからアメリカに住んでいる頃は、ハイウェイを走る車の車種をチラッと見ただけで当てるのに凝っていた。派手なスポーツカーやオールドファッションカーが多かったから、面白かった。日本に帰ってからは日本車の車種が多過ぎて、よく間違えるようになってしまった。

推理小説はロバート・ゴダードの作品。時代小説ならば、隆慶一郎の作品は読めるものはほとんど読んだと思う。そのくせフランス語を専攻していながら、フランス文学はほとんど知らないと言った方がいい。文学部じゃなくてよかった。

BAD ENGLISH　バッド・イングリッシュ
John Waite（ヴォーカル）、Neal Schon（ギター）、Jonathan Cain（キーボード）、Ricky Phillips（ベース）、Deen Castronova（ドラムス）のハードロックグループ。１９８０年年代末から１９９１年年にかけて活動。『BAD ENGLISH』（１９８９年）と『BACKLASH』（１９９１年）、２枚のアルバムを出して解散。『BACKLASH』のアルバムクレジットには、かなりドラマが読みとれる。

試験度胸

小さい頃から母によく「試験度胸がある」「舞台度胸がある」と言われてきたように思う。実際、学校の勉強も普段の試験や成績はさほどよくなくても、模擬試験や入学試験はましだったりした。学芸会の劇も案外好きだった。緊張はするが、何だか集中すると力が出てくるような気分のよさが、子供ながら魅力に感じられた。

何回かそういう経験をすると、本当に試験の時の方が結果がいいみたいだとよけい自信が出てくる。面接試験も緊張はするが、その調子で、質問する人がこういうことを聞きたがっている……というカンがきくようだった。

「あがらないように」と励まされるより、「緊張はするもので、あなたは緊張すると集中力が増す」というように言われたのでよかったのかもしれない。

ところが最近、母が一枚上手《うわて》だったんじゃないかと思い始めた。くり返し言い聞かせて、その気にさせたのかと母に尋ねてみたら、「言い聞かせてやる気にさせるにしても、のせやすい子供とのせにくい子供がいるわね……」と笑っていた。

私は自分でものりやすい方だとわかる。気分が滅入っていたり、落ち込むようなことがあっても長くは続かない。それはたいてい曇っていたり雨だったりの日で、そのうちすっきり晴れて、朝から澄んだ太陽の日に身を置くとコロッと気分が変わって元気が出てくる。単純なのだ。

それにしても、母はかなり面白い母親だった。今くらいの年齢になって、母から受け継いだ物の考え方、事への向い方が大きいのに驚く。妹と電話で話していても、いろいろな時に同じように物事を捉えているのに気がつく。子供の頃、叱られるときびしいなあと感じたものだが、母の言うことは理屈が通っていた。正義感が強かった。自分の頭で自分なりに考えて選択すること、泣いたままでいないで次にどうしたらいいか、考えて前へ進むことを教えてくれた。

いろいろな岐路に立った時、それまでどんな意見を言っていても最終的に全て私達自身に決めさせた。自分で決めたことだから、どんな経過でも結果でも、後悔することがなかったような気がする。

母の口ぐせに、「長所と短所は表裏」というのがある。「短所を無理に直すと、いいところもなくなってしまうことがあるから、その子のいいところを出来るだけ伸ばしてあげられたらと思った」と昔を振り返って話してくれた。なるほど、短所も含めて自分の大事な個性に思えてくる。短所のまま残っているところも多いが、自分が好きでいられる考え方なのかもしれない。

母は子供の頃からずっと、いつも私達の味方をしてくれた。よその子を誉めてばかりということはなくて、どこか私達の優れた小さなことを探し出した。

受験シーズンになると、ふと、私は「試験度胸、よかったんだ」と思って苦笑する。家には子供がいないから、試してみることが出来なくて残念だけれど。

ゴーヤーチャンプル

近くのスーパーマーケットで、よく苦瓜を見かけるようになった。沖縄からやって来たばかりのような苦瓜を見ると、ゴーヤーチャンプルでも作ろうかと必ず思う。苦瓜はかなり苦味があって独特の個性のある野菜なのに、なぜか食べたくなるのが不思議だ。

種のある綿のような部分を、スプーンでくりぬいて薄く刻む。塩でもんでしばらく置く。次に冷水につけて水を取り替え、ザルに上げて水気を絞る。泡がずいぶんたって面白い。こうすると、苦さが少し柔らかくなって食べ易い。木綿豆腐は水気を切っておく。家ではガラス皿2枚の間にはさんで水分をとっている。ニンニクはみじん切り、豚肩ロース薄切り肉は2〜3センチに切る。あれば種を除いた赤ピーマンの繊切りも加えることが多い。

太白胡麻油でまず豚肉を炒め、色が変わったらニンニクを薄く色づくまで炒める。水気を絞った苦瓜を炒め、後で赤ピーマンを加える。豆板醬《トウバンジャン》、粗くくずした木綿豆腐も順に加えて入れて炒め、日本酒、塩、しょう油で調味するが、しょう油は控えめに。

割りほぐした卵をまわし入れ、全体をカラッとまとめて仕上げる。

我が家の作り方なので沖縄のゴーヤーチャンプルとは違うかもしれない。苦瓜の苦味と豆腐の風味にピリッと辛味がきいて、白い御飯にとてもよく合う。ゴーヤーチャンプルを食べると元気になるような気がして、苦瓜を目がとらえると自然に手が伸びる。

青唐辛子のしょう油

福岡の寿司の店で、タコの刺身を青唐辛子入りのピリッと鋭角なしょう油で食べた。青唐辛子は、細かく刻んだものをしょう油に合わせてある。とびきりのタコの弾力と香りをぐっと引き立てる食べ方を、とても気に入って帰って来た。

妹の家から車で10分もかからない姪の浜でシャコを買った。1パック10〜12尾入って380円はびっくりする値段だ。ゆでたてを、早速、青唐辛子しょう油で試してみた。柑橘類の絞り汁を少し加えてもなかなかいける。福岡のシャコは東京のとは違って殻が鋭くて手に痛いが、大変な思いをしても食べたいおいしさだった。

葱を食べる鴨鍋

冬、楽しみなのが鴨鍋。日本酒がついすすむ鍋もので、我が家では極くシンプルな作り方で寒い日にくり返している。

材料は2人分で合鴨1枚、長葱3〜4本とコシのあるうどん。せりや焼麩を入れるところもあるそうだが、我が家は鴨と葱だけ。葱に焼き目をつけて……という人もいるが、そのままの葱の味が自然で好きだ。とにかく葱がおいしいので葱をたくさん食べる。いい葱を買ってきて、よく研いだ包丁で斜めにシャープな薄切りにする。皿にこんもり白い薄切りの山ができる。合鴨も薄く皮目をつけて切って皿に並べる。

日本酒、昆布だし、中双糖、天塩、しょう油で薄めにきりっと調味する。初めは天塩と濃口しょう油の代わりに薄口しょう油を使っていたが、色は同じくらいに仕上がるように天塩と濃口しょう油で味をつけるようになった。後口がすっきり切れて気に入った仕上がりになる。これを土鍋で煮立てて、鴨と葱を入れて煮ながらいただく。つゆとともに各自の器に入れ、山椒を挽いてかけるのが鍵《かぎ》かもしれない。

この挽きたての山椒はぜひとも欠かさないで欲しい。途中から、ゆでて冷水で洗って水を切ったうどんも入れつつ楽しむ。初めのうち、さらっと上品な淡口のスープが、葱の歯ざわりと合い、しばらくしてコクが出て濃くなって葱とからまる。

お酒は燗をつけたのが好きで、意外に思われることが多いが、ワインより日本酒の方が体に合っているらしい。


水炊きや豚しゃぶなど、他の鍋ものの時は材料をいろいろ取り合わせるが、鴨鍋の時は気を多くしない。鍋以外の料理も、極く新鮮なカブやさっとゆでたクレソンを粗塩としょう油、マヨネーズを別々に添えてつまむくらいにする。

栄養は偏るかもしれないが、あまり他のものを用意すると鴨鍋が入らなくなって残念なのだ。漬物は塩分が重なるので、鴨鍋の時は避けている。年を重ねて家《うち》のこだわり方の季節料理が生まれる。そして冬には鴨鍋、春には木の芽御飯と、その時期を心待ちにする。

野菜のひたひた蒸し煮

駒沢のファーマーズマーケットで買ったという、新鮮なズッキーニを手土産にもらった。玉ネギとセロリ、赤ピーマン、ズッキーニ、じゃがいも、トマトと、台所にあった野菜を7〜8ミリ角に切って、かたそうなものからさっと炒める。ニンニクと粗塩、水をかぶるくらい加えて中火でコトコト煮込む。やわらかくなってきたらグリーンピースを加える。スープがひたひたで、野菜にからまっているくらいに煮えるとちょうどいい。じゃがいもは煮くずれないように、入れるタイミングを考える。

熱あつを深皿に取り分けて、フレッシュなバジルとパセリのみじん切りを散らす。ヴァージンオリーブ油を一人分大さじ1〜2まわしかけ、各自、粗塩、ブラックペッパーをふって食べる。スープでもなく、蒸し野菜でもない、温かい野菜料理が出来上がる。

南仏の地方料理にスープ・オ・ピストゥというメニューがある。すりつぶしたバジルの葉、ニンニクをヴァージンオリーブ油でのばして、おろしたグリュイエールとパルメザンチーズを加えたものを、スープの上に落として食べる。

瞬間に広がる鮮烈なバジルの香りとフロマージュのコクが、印象的でおいしいスープだと思う。グリュイエールチーズも加えるところが南仏の味になる。

同じ野菜でも、たっぷりのオリーブ油で炒め合わせて、軽く煮込むとラタトゥイユ風になるし、蒸した野菜を切って、温かいうちにこがしたアンチョビーオイルをかけてもいい。

ズッキーニの入ったひたひたの蒸し煮は〝食べるスープ〟に近くて、自然な野菜の味がとてもよくわかる。ひたひたに、上質のヴァージンオリーブ油を後でかけることで、いつもと違った新しい味に会ったような気がする。

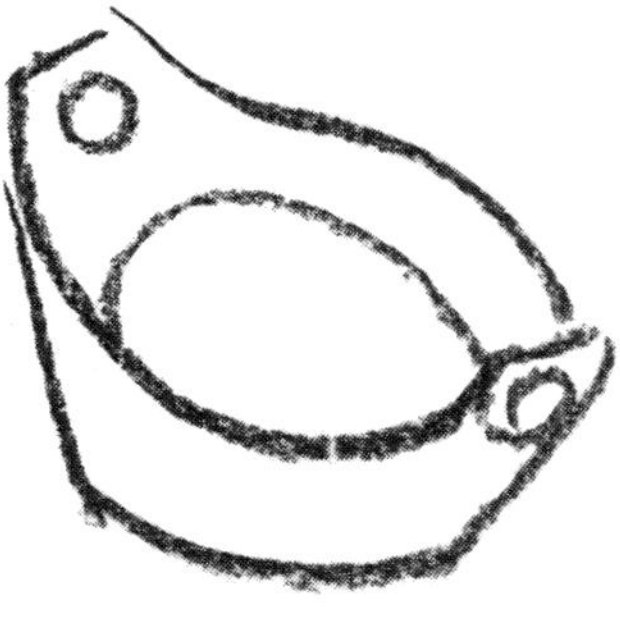

まゆ子の『モモ』

ミヒャエル・エンデの『モモ』は読んだことがなかったから、その日の公演で初めて知るお話だった。

姪のまゆ子が石巻市民ミュージカル『モモ』に出ることになったと言う。大人の役や主な子供の役は劇団の人が演じるが、子役を市の小、中学生から一般公募した。半年以上、学校の終わった後や休日に練習を重ね、夏休みの8月23日、石巻市民ホールで演じられることになった。『モモ』の練習の様子やポスター張りの苦労をまゆ子から電話で聞いていたが、演劇についてはほとんど知識がない方だ。アメリカに住んでいた頃、マンハッタンでミュージカルを見たのは数回。まぁまぁ面白かったかなという程度で、あとはテレビで観るくらいだった。

ポスターは子供達も一軒一軒お店などを訪ねて、頼んで歩いたという。目立たない裏側にしか、張るOKをもらえずにがっかりしたり、親切にしてもらって喜んだりを一生懸命話してくれた。剝がす時も、張りに行った子供達で行って、あいさつをしてきたらしい。

市民ホールは1時間前にはかなり混んでいて、続きの席を探すのが大変だったが、6歳の甥、3歳の姪、弟、両親と一緒に座った。妹は案内や世話の係の仕事を手伝っていて、忙しそうだった。

全体で3時間50分という長い劇だったが、『モモ』はすごかった。子供達が30人以上出演するのだが、子供達が歌う時、踊る時の表情がいい。本当にやりたくて、やっているのが楽しくて、うれしくて、輝いている。こちらに伝わってくる力は、プロフェッショナルなミュージカル公演でも感じたことがないくらい。

まゆ子も手の先までピーンと元気一杯で、遠くからでも顔の表情が生き生きして楽しそうだった。あの小さかったまゆ子が踊っているんだと胸が熱くなってしまう。一挙一動に集中して追っていると、お母さんというのはこんなふうかなと、ふと思う。『モモ』での子供達は上手そうに演じているのではなくて、今まで感じたことがないような澄んで温かい力でストレートに表現していた。

面白かった。演劇と言われてもエンデと言われてもピンとこなかった私の中に、石巻の『モモ』のシーンが目にも耳にも強烈に焼きついている。音響効果やライティングもすばらしかったが、やっぱり子供達のぶつかってくる元気が一番忘れられない。

Le lettere di Calder giungevano una dopo l'altra con schizzi
e suggerimenti tecnici di un'icasticità sconcertante quanto la
loro concisa precisione era infallibile.
Painter Hill Road, è del 27 marzo 1962. Reca al centro
Il Mobile, ingrandito da un bozzetto originale dell'Artista, ideato per
quello spettacolo, fu poi donato da Giancarlo Menotti alla Galleria
La lettera di Calder
in cui accetta
l'invito di produrre
un'opera per
Spoleto
Carandente in memory of

私が会ったことのない曾祖父の話

その夏の日、なぜ急に母が曾祖父の話を詳しく私に聞かせてくれたのかわからない。それまで聞いたことがないエピソードを知ってびっくりした。母の父、つまり私の祖父にも会ったことがないが、子供の頃から、早くに亡くした祖父の話はよく聞かされていた。曾祖父については、ほとんど知らなかったと言っていい。母の母の父、つまり、私の曾祖父の家は、4歳まで住んでいた母の実家から近かったので、遊びに行った記憶はあるのだが。

曾祖父は渋谷の生まれで若林の川の両側に広い土地を買って、染色、藍染めの工房を営んでいた。職人としては腕がよくて、自分で一生懸命工夫して、柄をデザインし型紙を作った。そんな型紙が何十枚もあって、浴衣や手ぬぐい、暖簾《のれん》に入れるお得意さんの家紋帳も曾祖父の財産だったという。なかなかの働きもので母には優しかったらしい。

染物協会の理事をするまでになっていたそうだが、後継ぎに考えていた息子が戦死して、その訃報を聞いた翌冬、亡くなったという。曾祖父は、将来の家業にも必要かと考えて、息子が大学で英語を専攻することにも賛成した。彼は絵の才能も受け継いでいたそうなので、藍染めの仕事を英語で説明する様子を想像すると、将来が楽しみだったことと思う。それが語学力のせいで、戦争の中、通信員としての任地で命を落としてしまい、曾祖父は残念でならなかったのかもしれない。

藍瓶《がめ》を置いた工房の裏庭には、ゆすら梅、グミ、いちじくなどの木々を、デザインのスケッチをするために植えてあったそうだ。草花、木が好きで植木鉢も数多くあったのを、母は覚えていた。川べりではトウモロコシなどの野菜も育てていたし、ニワトリも飼っていた。

私の3〜4歳の頃の記憶には、確かに白い布を貼った長い木の板が、陽ざしを浴びるように立てかけられている様子がある。4歳まで母の実家に住んでいて、そこから曾祖母の家までは5〜6分だった。曾祖母は曾祖父が死んだ後も、職人さん達と染めものの仕事を続けていたようだ。

当時、飼い犬のクロが私の後をちゃんとついてきて、一人で曾祖母の家まで行ったことがあるはずだった。クロはシェパードと柴犬の雑種で耳は垂《た》れていたが、とても賢い犬で私のベビーシッターを務めていた。母に叱られて私が泣いていると、庭から縁側の母に向って吠えて抗議してくれた。

晒《さら》した白い布のことははっきり覚えているが、実は藍瓶をいくつも見ていた記憶も、何だか引き出せる。コンクリートの穴ごとにコポコポと泡が立っていて、落ちたら恐そうな神秘的な色だった。

工房では猫をたくさん飼っていたらしい。染める時に用いる糊をねずみが食べに来るので、猫にも役目があったという。私は猫のことも覚えている。曾祖母や祖母と私のまわりに何匹もの猫がいた。猫のごはんの時間で、私も時々手に餌をのせて猫の舌のじゃりじゃりした感触が残った。でも猫は猫と思っていたが、クロは犬だったような気がしない。一生に一匹という存在だった。

母は次から次へ、思い出すまま話を続けた。曾祖父の仕事や思いのことなど、その時初めて知った部分も多い。私も〝曾《ひい》おじいちゃん〟の仕事を見たかった。型紙の束も家紋帳も、染めぬいた手ぬぐいや暖簾も一つも残っていない。大きな風呂敷はずっと押し入れにあったというので、もしかしたら、子供の頃、毎日見ていたのかもしれない。でも記憶には色も柄もない。

〝曾おじいちゃん〟が、裏庭に植えたゆすら梅をどんなふうにデザインして、型紙を切って、糊をのせたかを一枚の藍の布を目の前に広げて見たかった。でもそう思ったのは母の話を聞き終えて、しばらくたってからだ。話を聞いた時は体じゅうがじーんとするくらい強い感情が先に来た。

曾祖父の血は私の中にも少し流れている。絵が好きな姪達の中にも。会ったことのない曾祖父の顔は思い浮かばないけれど、まわりの空気はなぜかわかるような気がする。

日本酒で漬ける梅酒

取材で、九州福岡から車で1時間半ほどの吉井町を訪ねた。昔ながらの酒蔵を構えた、醸造元の店〝和くら野〟で昼食をいただいた。九州の民家の建築や昔からの家具、道具を生かした落ち着いた、たたずまいに目を奪われる。

お昼の膳には熱あつの飛龍頭《ひりょうず》や野菜の煮物などと共に、冷やで飲む吟醸酒が盃で出される。すっきりした飲み口でおいしかったが、特別に自家用に漬けたという梅酒をいただいて、一口味わって驚いた。

梅酒はうだるような夏の日に、たまに飲みたくなることがあるが、梅酒を漬けたことがないし、買い求めることもなかった。果実酒を飲む時が、我が家の食のスケジュールと合わない。最近は食前酒、食後酒の習慣があまりないからかもしれない。お酒だけを飲むこともなくて、いつも料理となのである。

梅酒のきりっとした酸味は心地よくても、残る重さが気になっていた。かえって、友人が手作りするアルコール抜きの梅ジュースを、淡く水で割って氷で飲む方が好きだった。

ところが、ここでいただいた梅酒は芳醇《ほうじゅん》な香りと深い酸味が生きていて、甘さが甘さだけで出てこない。絶妙なバランスの梅酒に仕上がっていた。若竹酒造の日本酒〝伝兵衛〟で、豊後《ぶんご》梅を漬けたのだそうだ。普通はホワイトリカーなのに、日本酒を贅沢に使って漬けた大きな丸いガラス瓶を見せていただいた。

取材は残暑のかなりきびしい日のことだった。伝兵衛で漬けた梅酒の一口は、それまで持っていた梅酒の印象をすっかり変えてしまったと思う。

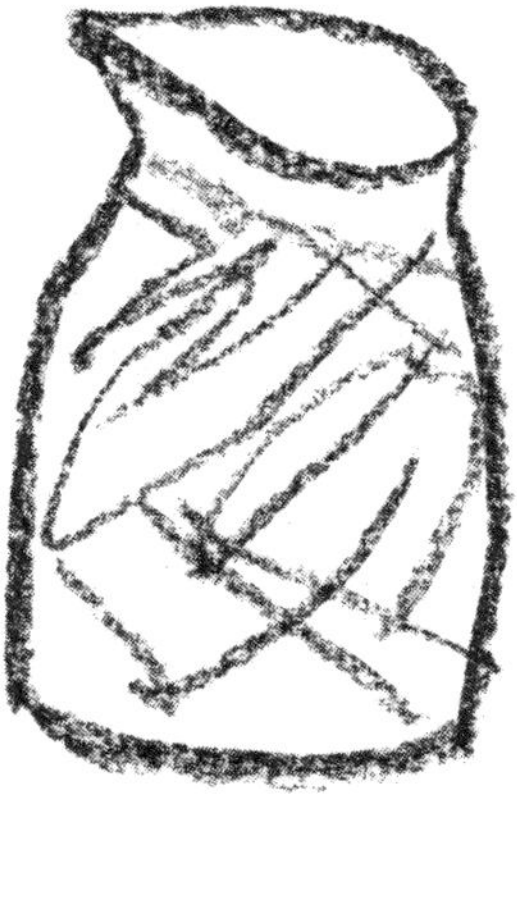

摺り胡麻のパン

このところ凝っているのが、摺り胡麻のハードロール。

摺り胡麻はカドヤやオニサキの密閉パック入りの小袋を、冷蔵庫に切らさないようにしている。しっとり油が出るくらいに摺り上げたもので黒胡麻と白胡麻がある。とても香ばしくて、香りがいい状態のまま使い切ることが出来るので重宝している。根三ツ葉やほうれん草、小松菜のお浸しにも欠かせない。

両端を少し内側に曲げた三日月形のハードロールに、この摺り胡麻の風味をきかせて焼くようになった。お菓子やパンには白胡麻と思うかもしれないけれど、個性が強めで切れ味がいい黒摺り胡麻もパン生地に合っておいしい。

パン生地は我が家では、無塩バターを入れないプレーンなタイプを使っている。初めは無塩バター入りのいわゆるふんわりしたロールパンタイプで焼いてみたが、プレーンなタイプを試したらこちらに決まってしまった。パリッとフランスパンのようなかみごたえのあるハードロールに摺り胡麻の風味が抜群だった。

生地はいい発酵状態だと指先にくっつくような感じだから、ぬれタオルをはずして一呼吸置いて、だますようにしてパンマットから取り出す。軽く打ち粉をした台の上で直径24センチくらいの円形に薄くのばしていく。めん棒で無理矢理のばすのではなくて、ころがす時の勢いを利用してスムーズに向こうへ向こうへのばす。ちょっとした力の加え方の差で、ずい分、楽に作業が出来る。

縁の部分を厚くならないようにのばしておくと、きれいな三日月形に整えられる。ある程度のばしたら、摺り胡麻を円の大きさにパラパラッと軽くふり巻く。この上で必要な大きさになるまでのばして、下側の面に摺り胡麻が霜降りのようにパラパラっいた状態にする。あとは放射状に12等分して中心へ向けて、くるくるふわっと巻く。

クッキングシートを敷いた天板に間隔を空けて並べ、35〜40分、暖かいところで発酵させ、210℃で13分焼く。特に底の部分は、しっかりきつね色に焼き色がつくくらい焼くこと。いつも底のパリパリをひきはがして食べるのが、このパンを食べるうちで一番楽しみなのだ。

摺っていない炒り胡麻を生地に混ぜたり、丸めた上に、一つまみ炒り胡麻をのせたり、もっと多い量を巻いたりして試した結果、香ばしさを上手に生かせるようで、この仕上げ方に落ち着いた。

黒摺り胡麻のハードロールは、特にありそうで売っていないタイプのパンじゃないだろうか。家のはちょっと違うという、見た目は地味なパンが気に入っている。

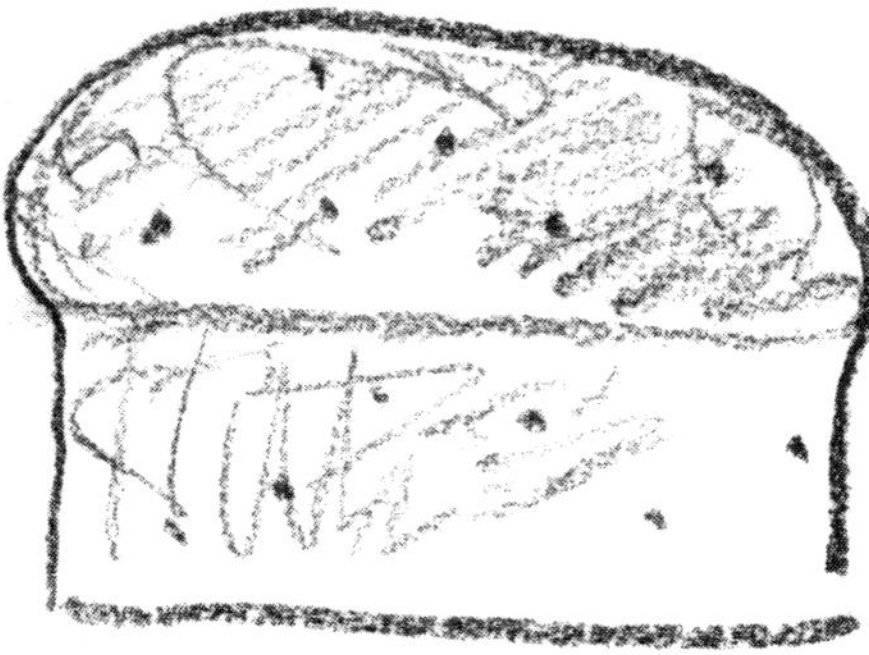

9月4日のメニュー

フランス南西部ラングドック地方の赤ワインを飲んで、日本のスタイルの9月の料理を食べた。

初めは栗の蒸したものに粗塩を添えて。栗はもう少し後に出回る小布施《おぶせ》の栗も、とてもおいしい。オードヴルには茄子の細切りをオリーブ油ひたひたでカラッと揚げて、ニンニク、赤唐辛子、バルサミコ酢、フレッシュなバジル、ミントの葉をちぎって漬け込んだいつもの一皿。

合鴨は味噌とはちみつに漬け込んだものをよくぬぐって、オーヴンでこんがり、皮をアメ色に焼き上げる。焼く時、焦げないように気をつけること。いい焼き色がついたら、中に火が通るまでアルミ箔をかぶせて焼く。冷水につけてパリッとさせた白髪葱をこんもり脇に置いて、ライムのくし切りをキュッと絞って食べる。

サラダも和風で、ゆでた小松菜と完熟トマトをザクザク切って、ヴァージンオリーブ油をまわしかけ、いつも作って冷蔵庫に入れてある和風ドレッシングを加えて和える。小松菜のコクが案外きいておいしい。

デザートはバナナ&バニラ・アイスクリーム。卵黄とグラニュー糖、コーンスターチ、牛乳で作った熱々のソースにつぶしたバナナを混ぜて、かきまわしながら冷やす。バニラエッセンスとラム酒を加えてフリーザーで半分かたまったところで、6~7分立ての生クリームと合わせる。2~3回混ぜ合わせてやっとかたまった状態の時、サーヴできるようにする。

冬だったら初めに百合根のグラタンもいい。百合根は洗って1枚ずつに分けて、日本酒と水でさっとゆでて水を切る。マヨネーズ少量で和えて、上におろしたパルミジャーノ・レッジャーノをたっぷりかけて、強火のオーヴンでこんがり薄いきつね色に焼く。パサッとチーズが香ばしくてドライで、中はほくほく温かい。

鴨に合わせるサラダは、トレヴィスと白髪葱とフレッシュな香菜の葉をドレッシングで軽く和えたものも、エキゾチックでおすすめ。

吉井町の骨董通り

昨年の夏、小鹿田焼や小石原焼の窯元を訪ねた時、福岡の南、浮羽《うきは》郡の吉井町に立ち寄った。小さな川が流れていて石造りの欄干《らんかん》に河童が彫ってある。濃いグレーの屋根瓦に白い壁の土蔵造りの街並は、ふと時間を逆に辿ったような印象を受ける。

吉井町に南イランを中心とした部族の手仕事を集めた〝カラコルム〟という店がある。人々が自分の家用に自由な色を使って織った敷き物は、赤、ブルー、緑、黄、オレンジと天然染料の色合いが楽し気だ。白と生成りの混ざったような地にブルーの線でトナカイと木の柄。ピンクとオレンジとモスグリーンの杉綾の格子柄。ベージュ、コーヒー、マロン色のシンプルなストライプ柄。これはざっくりした麻袋みたいな風合いに作られている。1枚選ぼうと考えたら、絵画をじっくり見ていくようにラグに相対して、時間がいつのまにかたってしまうに違いない。

この色使いの多様な中近東の手仕事のものが、なぜか古い日本家屋に似合っている。渋い木とガラスの引き戸で入る店の中に、印象に残る色がたくさん積んである。

〝カラコルム〟を出て同じ街道筋を3～4分歩いたところに、〝四月の魚〟という骨菫の店がある。フランス語でエイプリル・フールのことをポアソン・ダブリルと言うが、これを直訳すると四月の魚になる。そこからつけた名前だろうか。

鉄で出来ている昔の錆びた火鉢の脇の道具、丹波のしょう油の壺、薬用の小引き出しの付いたタンス。こげ茶の木の箱、墨壺など民具、特に鋳物の道具が、まず私の目をひく。墨壺は、子供の頃、祖父が使っているのを見ていたから、とても懐かしく思える。私はずい分、じっと見つめていたようなその記憶が面白かった。

西洋の農具、キッチン道具、シンプルな陶器、昭和初期のガラス器、染付け、絣《かすり》の布なども選ばれたものが並んでいる。外国の小さな街にありそうな、落ち着いたアンティークの店の雰囲気がある。我が家のインテリアを考えると買って帰れないが、好きだと思うものがいろいろ見つけられた。

昔の物を扱う店で選ばれた一つ一つが、自分の感覚にぴったり入ってくることは少ない。ふと思い出せるのは20年ほど前、スタイリストをしている頃に足を運んでいた、千駄ヶ谷の〝セカンドロール〟というアンティークの店。棚に並んだグラスや陶器は数は多くなかったが、好きなデザインが多かった。お店は私達がアメリカに行く頃には、閉められていたと思う。お店は、そこの主人の選ぶものが好きで通ってしまうところがあればいい。新しいものでも古いものでも、色や形、雰囲気への思いが近いと、並んでいる数は少なくても好きなものに出会える。

〝四月の魚〟で、私は昭和初期のプレスガラスの小鉢を5客買った。小ぶりで程よい深さがあって、デザートを盛り付けるのにいい。切り子風のガラスの細工は、繊細で鋭いカットの切り子とは違うが、面白く使える器だと思った。いちじくのコンポートや冷やし汁粉、わらびもちに冷たい黒蜜ときなこなど、このガラス器に入れると、ぐっとひきたつ。

福岡で姪達と大壕《おおほり》公園へ散歩に行った帰りに寄った〝古々《ふるふる》〟も印象に残っている。横断歩道を二人の手を引いて渡ると、目の前にショーウィンドウがあって、左手には大きな大外山焼《おおそとやま》（多分）の壺。松の絵が力強く美しい。右手の木の棚には兎と月の絵の古伊万里の小皿。兎の動きに月へ語りかけるような調子があってよかった。絵の好きな光も、ガラス越しの兎に見入っていたのを思い出す。

九州の骨董の店では民陶の皿、生活の道具などを見ることが出来て楽しい。値段も東京や京都に比べると手頃に感じる。家で使ってみようというものが見つけられるのがいい。吉井町に点々と骨董の店が増えているのは、夏の旅の新しい発見だった。

迷わない買いもの、諦められる買いもの

ガラス器や陶器、椅子やテーブル、テーブルクロスやナプキンなど、気に入って迷いのないデザインだったら、値段についてかなりの幅を許してしまうことがある。靴やバッグ、アクセサリーだとデザインがとても気に入っても、すぐに諦められる。

靴はヒールの高いもの、細いものは避けたい。20代の頃は10センチのヒールの舟底サンダルをはいていたけれど、今の私には考えられない。年をとって足や腰が痛くならないように、出来るだけ足を大事にしたいからフラットな靴にしている。

バッグは軽くて、ある程度、物が入るのがいい。きちんとしたブランドのバッグのよさはわかるが、何しろ靴に合わない。

ネックレスは肩が凝ることがあるし、イアリングは頭が痛くなると困る。それでもイアリングだけは好きでしたいと思うが、ピアスではないので気に入ったデザインでも、片方だけのものがたくさん残っている。今、大事にしているのは、モナコの木の輪状の軽いイアリングと銀の薄い板の惑星の形のイアリング。落としてもなくさない場所でだけつける。それも一番つけていたい時間の直前に。

バーゲンセールへもあまり足を運ばない。普通の値段でも真剣に欲しいものだったら買うし、それほどでなかったら買わない。失敗を重ねて、私にはこういう買いもののスタイルが向くと思うようになった。

デザインが気に入って、実際使って使い心地がよくて、使うとずっと大事にコンディションを保ちたくなるものには、なかなか出会えない。そして数少なく出会ったものと数多くの失敗から、自分の感覚や個性を育ててもらっている。

障子穴のデザイン

福岡の妹達が住むマンションには畳の部屋があって、南側のガラス戸の内側に障子戸がついている。細い木枠の格子状の区画に、ところどころ淡いグレーのアルファベット文字の紙が貼ってある。同じ綴りの部分や柄が重ならないように、さり気なく工夫して配置してあるせいか光を通すときれいに目に映る。こんなシンプルでモダンな障子戸があったというくらい、和紙の雰囲気に魅力を感じる。

貼り重ねた箇所は数えると7~8ある。一つ、また一つと姪達の元気いっぱいが穴をこしらえるたびに、妹はデザインを考えてはコラージュをすすめていく。妹は工作がとても好きなんじゃないかと思う。妹が作る、贈り物のパッケージのアイディアとセンスに、いつもはっとする。ウイットがあって、人が温かく楽しくなる工夫で素敵に仕上げている。

贈りものも相手の好きなものをさり気なく観察していて、一生懸命考え、上手に探す。そういう積み重ねを感じさせないくらい、すっと渡されて、「なぜわかったのかな、これが欲しいって」などと呑気に大喜びをくり返すうちに、すごさがじわっとやってくる。

妹の家の子供の本棚もとてもかわいい。アメ色の木の背が低い本棚に、姪達の童話や絵本、洋書が並んでいる。妹の主人が手作りした木のおもちゃやオブジェがリズミカルに間に置かれている。小さなサイズの絵本が1〜2冊開いて立ててある。この本棚が障子戸のある畳の部屋にあって、居心地のいい和室を構成している。

6歳と4歳の姪と布団を並べて、眠るまでおしゃべりしながらこの部屋で一緒に寝た晩のことも忘れられない。

ガラス越しの白梅

二月を迎える毎《ごと》に、梅が好きになっていく。

以前はそれほど気になる樹木ではなかったのに、散歩をしても蕾や花を点々とつけた梅の木が、際立って目に入ってくる。真っ直ぐな線が上へ上へ向かう枝ぶりも、冬の冷たい空気の中で凜々しい。梅の花の香りも、歩いていて、ふと漂ってくるのが感じられる。すっきりとして甘過ぎることがない。

我が家の向いに木立に囲まれた日本家屋がある。葉を落とした桜と松の木の奥に、離れらしい木造の二階の書斎が見える。手前も向う側も、木枠の透明なガラス戸で遮るものを何も付けていないので、夏に隠れていた裏庭が見通せる。

北と南のガラス戸の向うに、白梅が花数を増やしていくのが息を呑むくらい美しい。二月のほんの一時《いっとき》のことで、六、七分咲きの頃までがいい。

我が家のあるマンションと書斎のある棟の間には9メートル幅の道路がある。道幅の割には通る車が少ないので、静かな方かもしれない。かなり奥の梅の木の様子を、何枚ものガラス戸越しに見ていると、違う時間を過ごしているような気がしてくる。

チョコレートはストレートでハードなブラック

チョコレートは我が家では、カカオの含有率の高いブラックチョコレート、ダークチョコレートに人気がある。トリュフのように手をかけたものは味わうことがなくて、いわゆる板チョコのタイプが気に入っている。ストレートでハードなのがいい。

パリのチョコレート専門店〝ジャン・ポール・エヴァン〟に、カカオの含有率別に3〜4段階のブラックの板チョコレートが売られていて、これがたいそうおいしかった。コペンハーゲンの裏通りの小さなチョコレートの店でも、ブラックの板チョコレートが4〜5種類並んでいた。ブラジル、コロンビア……と産地別になっていてブラジル産のを買い求めたが、帰ってきて他の国のものも買っておけばよかったと後悔した。

チョコレートは洋のメニューのコースを終えた後に、なぜか少しつまみたくなる。我が家では夜、コーヒーを飲まない。本当はエスプレッソをキュッと飲んで……と思うが、案外、焙じ茶とでもいける。

2月14日用には、毎年違うチョコレートケーキを焼く。だいたい前日に作って、ちょっとしっとりなじんだ頃合いでいただくことが多い。

ザッハトルテのタイプには、いつもの2倍くらいダークラム酒を加えて、柔らかく泡立てた生クリームを添える。ココアパウダーを使ってふわっと焼いたスポンジを、薄く巻き上げたロールケーキや、プラリネとクリームをはさんだチョコレートレイヤーケーキ、煮たりんごと、クルミやカランツ入りのパン、チョコレートをプディング状に焼いたケーキも作った。

知っているケーキの様々な要素を考えながら、カンで分量と配合を決めて、気ままに取り組む。気合いが入って複雑なタイプに挑戦する時と、妙に肩の力が抜けた素直なタイプに落ち着く時がある。

でも、食べるということから言うと、私はブラックの板チョコがいい。実は子供の頃からずっと、チョコレートは嫌いだった。最近になって、カカオ含有率の高い無垢チョコならおいしいと思って食べるようになったのだ。何だか変な気もする。チョコレート嫌いのはずなのに。

コーヒーテーブルブック

ハンス・ウェグナーの三脚の丸テーブルの上には、ふと暇を見つけると手を伸ばし、どのページからでも広げて見入ることの出来るアートや建築、食器やテキスタイル、料理関連の本や絵本などが積み重ねてある。コーヒーテーブルブックという言い方をするらしい。

今、一番興味があるジャンルの本で、ある期間、手近に置いてくり返し開いて見ることで、熟読するのとは別の感覚を自分の中にインプットしたり刺激を与えたりする。こういう本の見方は私にとって大事なように感じている。

たとえばKaj Franckのデザインの本、Calder《カルダー》の家の写真集、フィンランドのモダンデザインのぶ厚い本、Corbusier《コルビュジェ》の『Les Villas La Roche-Jeanneret』(建築の本)、Eames《イームズ》やWegner《ウェグナー》の作品集。

変わったところでは、CalderのモビールのVideoや本の装丁に魅かれて買った『ライ麦畑でつかまえて』や『田舎の日曜日』。『ライ麦畑でつかまえて』は、ブルーとクリーム色の2トーンの表紙カバーにピカソの線画が意識に飛びこんでくる。オレンジは『田舎の日曜日』くらい押さえた色も好きで、お皿に子供の絵をプリントする時に似た色を選んだ。

これに対して推理小説やエッセイなど読む本は、ベッドサイドの棚にいくつも山が出来ているし、雑誌などはリビングルームのテーブルや椅子の下に積み重なっている。


余談だけれど、月刊誌、週刊誌などは必要なページを切りとって、しばらくは1カ所にファイルしておく。その後さらに厳選して、ジャンル別に整理して収める。収めたファイルの中には私が高校、大学時代に母の購読していた「ミセス」や「暮しの手帖」、「婦人の友」の料理や器のページが含まれている。今、見ても溜め息をつきたくなるくらい大事に作られていて、最近の雑誌からはなかなか伝わってくることが少ない強い引力を感じる。昔の手をかけた料理、器の取り合わせに心を大きく揺り動かされる。

引っ越しの毎に整理しても、捨てられない紙封筒がいくつも残る。古いページだけれど、温かな奥行きがある紙片なのだ。

MOBILE
CALDER
LDER at HOME

冬休みの姪と甥との日記

冬休みになると、石巻の弟家族と福岡の妹家族が実家にやって来てお正月を過ごす。姪や甥たちはまだ皆一緒になって遊べる年令なので、1日1日何か考える。ある日は夕方からおばけ屋敷ごっこ。夏じゃなくて真冬のおばけ屋敷でこれは子供達だけで企画したもので見ているとなかなか愉快だった。

まず出来るだけ恐そうなおばけを紙に描く。思い思いにクレヨンやマジックを使って描くのだが、最年長のまゆ子が出来上がりの絵をチェックする。彼女が恐いと思ったら合格で、離れの家の二階の壁や天井に貼ることが出来る。大人はお客の役なのだが、どういうわけか私も5歳の光と一緒におばけの絵を描かされた。

恐そうなおばけと言っても描き慣れていないし、しばらくそういう漫画も見ていないなと青と赤のボールペンで適当に描いた。光は絵が大好きでいつも画用紙と暮らしているような子だったから、黒のマジックだけでなかなかいいおばけを描いていた。出来上がってみると目がとても恐くてスリリングだった。

でも合格したのは私の絵で、光は描き直しになった。後でまゆ子の3つ下の弟のひろが説明してくれた。恐く描くにはまず目にポイントがある。いろいろな色を使って目を強調するといいんだそうだ。なるほど色を使ってあればいいのか……。そして、ひろは自分の絵を天井から糸を垂らしてつけてと頼んだ。ゆらゆら揺れて効果的だ。皆自分で一生懸命考えている。あちこちに恐そうなおばけの絵を貼って、カーテンを閉めて、暗くしてキャアキャア言ってしばらくは遊んでいた。

やっぱり子供だなあと思ったのはその後まゆ子ですら恐くなってきたらしく、背の高い主人に天井の方はとった方がよくないかとやや青い顔でやってきたらしい。光は何とその絵が貼られたままの部屋で寝ることになり、泣きべそをかいたと言う。

多摩川の川原で好きな石ころを拾って帰り家で絵の具でペイントして遊んだ日もある。1人1人作風が違って面白い。まゆ子は拾ってくる石がダイナミックで大きい。8歳にもなるとしっかりデザインを考えていくつも塗って仕上げる。スイカ、新幹線、チューリップ、鳥とバラエティに富んだ題材だった。光はたった一つ、石の形が耳のたった犬のようなものを選んだ。耳をこげ茶色に顔を茶色に塗り分けて小さい目と黒い鼻を描いた。作業はゆっくりだけれどじっくりていねいに塗ってある。

2歳の明はぱっと目立つ赤い花を塗った。同じ2歳のさと子は石の上に抽象的な絵を描くように、ダークグリーンや辛子色、赤を塗り重ねていった。色の選び方重ね方に雰囲気があって、芸術作品に見えなくもない。ひろは、初め女の子ばかりがテーブルを占領していたので、皆が他の部屋へ移動した後、ふくろうを一生懸命に仕上げた。細長い石で茶色と黒をきかせてあって、これも自然で面白い出来上りだった。

光と明姉妹のは合わせて4~5個だったから何ということもなかったようだが、まゆ、ひろ、さとの3兄弟の作品は持って帰る時相当大変だったと石巻の妹が言っていた。元気いっぱいの3人の着がえから絵描き道具から植物図鑑からみんな段ボールに詰めて持って来ているから、帰る時にはその荷物に石ころがたくさん加わって9箱になったらしい。かなりの重さなので一箱に集まると底が抜けそうで、それぞれの段ボール箱に分け入れたようだ。お母さんは偉いなぁといつも思う。大事に石を分け入れる工夫をする妹を見ていると何だかとても温かい気持ちになってしまう。

まゆがまだ3歳の頃、妹が研修セミナーで出かけて、私と母と3人で留守番することになった。お母さんが出かけてしまって、いつも一緒ではないおばあちゃんとおばさんと待っていると、どうしても夕方には心細くなってくるのだろう。お母さんの乗

ったバスの停留所をずっと見ながら、わんわん泣いてとまらなくなったことがある。どうしたものかとあれこれ試してもだめだったのに、たくさんのアリの出入りする穴を一緒に見ているうちにすっと泣きやんだ。あきずにアリンコを見ていたあの涙のあとのついた笑顔をふと思い出した。

今でもまゆ子は昆虫や植物に興味があるらしく、とても詳しい。微妙な葉の形、つき方の違いも知っている。わからない虫に出会うとすぐに飛んで行って図鑑を持ってきて調べている。

子供が大きくなっていくスピードには驚いてしまう。いつのまにか一緒に遊ぶ時が少なくなってしまうのかなぁ。そう思うと夏休みや冬休みに皆で一緒になって何かしている時が、私にとっても大事でならない。

本書は一九九八年四月刊行の『早起きのブレックファースト』、一九九九年六月刊行の『アァルトの椅子とジャムティー』、二〇〇〇年六月刊行の『小さな家とスイスの朝食』（すべてＫＫベストセラーズ）を再構成して二〇一三年八月に河出文庫化し、それを新装したものです。

写真撮影・イラストレーション　堀井和子

早起《はやお》きのブレックファースト

二〇一三年　八　月二〇日　初版発行
二〇二五年　一　月一〇日　新装版初版印刷
二〇二五年　一　月二〇日　新装版初版発行

著　者　堀井《ほりい》和子《かずこ》

発行者　小野寺優
発行所　株式会社河出書房新社
〒一六二-八五四四
東京都新宿区東五軒町二-一三
電話〇三-三四〇四-八六一一（編集）
〇三-三四〇四-一二〇一（営業）
https://www.kawade.co.jp/

ロゴ・表紙デザイン　粟津潔
本文フォーマット　佐々木暁
本文組版　若山嘉代子　L'espace
印刷・製本　中央精版印刷株式会社

Printed in Japan　ISBN978-4-309-42162-9

巴里の空の下オムレツのにおいは流れる

石井好子 42135-3

下宿先のマダムが作ったバタたっぷりのオムレツ、レビュの仕事仲間と夜食に食べた熱々のグラティネ――一九五〇年代のパリ暮らしと思い出深い料理の数々を軽やかに歌うように綴った、料理エッセイの元祖。

東京の空の下オムレツのにおいは流れる

石井好子 42136-0

ベストセラーとなった『巴里の空の下オムレツのにおいは流れる』の姉妹篇。大切な家族や友人との食卓、旅などについて、ユーモラスに、洒落っ気たっぷりに描く。

女ひとりの巴里ぐらし

石井好子 41116-3

キャバレー文化華やかな一九五〇年代のパリ、モンマルトルで一年間主役をはった著者の自伝的エッセイ。楽屋での芸人たちの悲喜交々、下町風情の残る街での暮らしぶりを生き生きと綴る。三島由紀夫推薦。

こぽこぽ、珈琲

湊かなえ／星野博美 他 41917-6

人気シリーズ「おいしい文藝」文庫化開始！　珠玉の珈琲エッセイ31篇を収録。珈琲を傍らに読む贅沢な時間。豊かな香りと珈琲を淹れる音まで感じられるひとときをお愉しみください。

ぱっちり、朝ごはん

小林聡美／森下典子 他 41942-8

ご飯とお味噌汁、納豆で和食派？　それともパンとコーヒー、ミルクティーで洋食派？　たまにはパンケーキ、台湾ふうに豆乳もいいな。朝ごはん大好きな35人の、とっておきエッセイアンソロジー。

わたしのごちそう365

寿木けい 41779-0

Twitter人気アカウント「きょうの140字ごはん」初の著書が待望の文庫化。新レシピとエッセイも加わり、生まれ変わります。シンプルで簡単なのに何度も作りたくなるレシピが詰まっています。

著訳者名の後の数字はISBNコードです。頭に「978-4-309」を付け、お近くの書店にてご注文下さい。